｜创造最有价值的阅读｜

名 著 阅 读 力 养 成 丛 书

赵丽宏散文精选

◆ 赵丽宏 著

浙江文艺出版社
Zhejiang Literature & Art Publishing House

图书在版编目(CIP)数据

赵丽宏散文精选 / 赵丽宏著. —杭州:浙江文艺出
版社,2020.10
(名著阅读力养成丛书)
ISBN 978-7-5339-6237-1

Ⅰ.①赵…　Ⅱ.①赵…　Ⅲ.①散文集—中国—
当代　Ⅳ.①I267

中国版本图书馆CIP数据核字(2020)第190719号

责任编辑　张　雯
装帧设计　吕翡翠
责任印制　张丽敏

赵丽宏散文精选

赵丽宏　著

出版　浙江文艺出版社
地址　杭州市体育场路347号
邮编　310006
网址　www.zjwycbs.cn
经销　浙江省新华书店集团有限公司
制版　杭州天一图文制作有限公司
印刷　杭州富春印务有限公司
开本　710毫米×1000毫米　1/16
字数　148千字
印张　12.25
插页　2
版次　2020年10月第1版
印次　2020年10月第1次印刷
书号　ISBN 978-7-5339-6237-1
定价　29.00元

出版说明

　　阅读不仅关乎个人的素养和语文教育的水平，也关乎整个社会的风尚和文明的品质。从2016年9月起，全国中小学陆续启用了教育部统编语文教材。统编教材特别重视阅读，加强了阅读设计，鼓励学生通过大量阅读来提升语文素养，提高阅读能力和阅读水平。语文学习要建立在广泛的课外阅读的基础上，已经成为越来越多的人的共识。

　　我社以文学立社，出名著，出精品，几十年来在古典文学、现当代文学、外国文学、儿童文学等领域积累了大量的资源和优秀的版本。从2003年起就陆续推出"语文新课标必读丛书"，为中小学生的名著阅读助力，深受欢迎。随着统编语文教材的使用，我社面向师生做了大量的教材使用调研，多次邀请并集聚读书界、语文教育界、文学界、出版界等领域的专家把脉会诊，群策群力，为中小学生和老师们精心策划、精心编辑，推出了这套"名著阅读力养成丛书"。

　　这套丛书收录中小学语文课程标准和统编语文教材推荐阅读书目，不仅收录小学"快乐读书吧"和初中"名著导读"中推荐阅读书目，而且配合"1＋X"群文阅读设计，收录课文后要求阅读的作家作品，共计百余种，基本满足中小学生的阅读需要。

　　该丛书由曹文轩先生担纲主编，延请一线教学名师，对入选的每一部作品编写有针对性的阅读指导方案，介绍作家作品和创作特色，提出合理的阅读建议，引导学生进行专题探究，有意识地拓展学生的阅读视野，有选择性地提供阅读检测与评估办法。这样，有步骤地引领学生完成整本书阅读，了解文学、科普等不同类别作品的阅读方法，了解小说、散文、诗歌、戏剧等不同文体的特征，切实有效地提高学生的阅读水平和阅读能力，同时也给老师的教学实践提供一种参照与借鉴。可以说，这套书不仅强调要读什么，更强调应该怎么读。

该丛书在版本选用上精益求精，精挑细选经典权威版本，囊括一批资深翻译家的经典译本，如傅雷译《名人传》《欧也妮·葛朗台》、力冈译《猎人笔记》、卞之琳译《哈姆雷特》等。对于名家选本，追求代表性，或由该领域权威研究者编选，或由作家自己编选。由于"五四"白话文运动的发轫与推进，中国现代文学作品在语体上有着鲜明的用语特色，我们在编校中参阅相关文献对少量字词和标点做了适当的修改，尽可能地保留作品的原貌。

该丛书在设计上充分考虑阅读的舒适感和青少年的用眼卫生，尽可能地采用大号字体、米黄纸张，做到版面疏密有致、图书轻重得宜等。所有这些，旨在推出一套真正面向学生、服务学生的青少年版丛书。

培根说："读书足以怡情，足以傅彩，足以长才。"经典名著的影响力是不可估量的，一本好书能够让一个人终身受益。让我们种下阅读的种子，学会阅读，爱上阅读，在阅读中唤起灵性和兴味；让我们在多姿多彩的阅读的花园里，去领略丰美而自由的天地！

浙江文艺出版社

总　序

曹文轩

　　"新课标"以及根据"新课标"编定的国家统一中小学语文教材，有一个重要的理念：语文学习必须建立在广泛的课外阅读基础之上。

　　语文学科与其他学科的重要区别是：其他一些学科的学习有可能在课堂上就得以完成，而对于语文学科来说，课堂学习只不过是其中的一部分，甚至不是最重要的一部分；语文学习的完成须有广泛而有深度的课外阅读做保证——如果没有这一保证，语文学习就不可能实现既定目标。我在有关语文教育和语文教学的各种场合，曾不止一次地说过：课堂并非是语文教学的唯一所在，语文课堂的空间并非只是教室；语文课本是一座山头，若要攻克这座山头，就必须调集其他山头的力量。而这里所说的其他山头，就是指广泛的课外阅读。一本一本书就是一座一座山头，这些山头屯兵百万，只有调集这些力量，语文课本这座山头才可被攻克。一旦涉及语文，语文老师眼前的情景永远应当是：一本语文课本，是由若干其他书重重包围着的。一个语文老师倘若只是看到一本语文教材，以为这本语文教材就是语文教学的全部，那么，要让学生从真正意义上学好语文，几乎是没有希望的。有些很有经验的语文老师往往采取一种看似有点极端的做法，用很短的时间一气完成一本语文教材的教学，而将其余时间交给学生，全部用于课外阅读，大概也就是基于这一理念。

关于这一点，经过这些年的教学实践，加之深入的理性论证，语文界已经基本形成共识。现在的问题是：这所谓的课外阅读，究竟阅读什么样的书？又怎样进行阅读？在形成"语文学习必须建立在广泛的课外阅读基础之上"这一共识之后，摆在语文教育专家、语文教师和学生面前的却是这样一个让人感到十分困惑的问题。

有关部门，只能确定基本的阅读方向，大致划定一个阅读框架，对阅读何种作品给出一个关于品质的界定，却是无法细化，开出一份地道的足可以供一个学生大量阅读的大书单来的。若要拿出这样一份大书单，使学生有足够的选择空间，既可以让他们阅读到最值得阅读的作品，又可避免因阅读的高度雷同化而导致知识和思维高度雷同化现象的发生，则需要动用读书界、语文教育界、文学界、出版界等领域和行业的联合力量。一向有着清晰领先的思维、宏大而又科学的出版理念，并有强大行动力的浙江文艺出版社，成功地组织了各领域的力量，在一份本就经过时间考验的书单基础上，邀请一流的专家学者、作家、有丰富教学经验的语文老师、阅读推广人，根据"新课标"所确定的阅读任务、阅读方向和阅读梯度，给出了一份高水准的阅读书单，并已开始按照这一书单有步骤地出版。

这些年，我们国家上上下下沉思阅读与国家民族强盛之关系，国家将阅读的意义上升到从未有过的高度，无数具有高度责任感的阅读推广人四处奔走游说，并引领人们如何阅读，有关阅读的重大意义已日益深入人心。事实上，广大中小学的课外阅读已经形成气候，并开始常态化，所谓"书香校园"已比比皆是。现在的问题是：阅读虽然蔚然成风，但阅读生态却并不理想，甚至很不理想。这个被商业化浪潮反复冲击的世界，阅读自然也难以幸免。那些纯粹出于商业目的的写作、阅读推广以及和各种利益直接挂钩的某些机构的阅读书目推荐，造成了阅读的极大混乱。许多中小学生手头上阅读的图书质量低下，阅读精力的投放与阅读收益严重不成比例。更严重的情况是，一些学生因为阅读了这些质量低下的图书，导致了天然语感被破坏，语文能力非但没有得到提高，还不断下降。如果这种情况大面积发生，我们还在毫无反思、毫无警觉地泛泛谈课外阅读对语文学习之意义，就可能事与愿违了。现实迫切需要有一份质量上乘、定位精准、真正能够匹配语文教材的阅读书目以及这些图书的高质量出版。

我们必须回到"经典"这个概念上来。

我们可能首先要回答"经典"这个词从何而来。

人们发现，这个世界上的书越来越多了，特别是到了今天，图书出版的门槛大大降低，加之出版在技术上的高度现代化，一本书的出版与竹简时代、活字印刷时代的所谓出版相比，其容易程度简直无法形容。书的汪洋大海正席卷这个星球。然而，人们很清楚地看到一个根本无法回避的事实，那就是：每一个人的生命长度都是有限的，我们根本不可能去阅读所有的图书。于是一个问题很久之前就被提出来了：怎么样才能在有限的生命过程中读到最值得读的书？人们聪明地想到了一个办法：将一些人——一些读书种子——养起来，让他们专门读书，让读书成为他们的事业和职业，然后由"苦读"的他们转身告诉普通的阅读大众，何为值得将宝贵的生命投入于此的上等图书，何为不值得将生命浪费于此的末流图书或是品质恶劣的图书。通过一代一代人漫长而辛劳的摸索，我们终于把握了那些优秀文字的基本品质。这些被认定的图书又经过时间之流的反复洗涤，穿越岁月的风尘，非但没有留下被岁月腐蚀的痕迹，反而越发光彩、青春焕发。于是，我们称它们为"经典"。

阅读经典是人类找到的一种科学的阅读途径。阅读经典免去了我们生命的虚耗和损伤。我们可以通过对这些图书的阅读，让我们的生命得以充实和扩张。我们在这些文字中逐渐确立了正当的道义观，潜移默化之中培养了高雅的审美情趣，字里行间悲悯情怀的熏陶，使我们不断走向文明，我们的创造力因知识的积累而获得了足够的动力，并因为这些知识的正确性，从而保证了创造力都用在人类的福祉上。阅读这些经典所获得的好处，根本无法说尽。而对于广大的中小学生来说，阅读经典无疑也是提高他们语文能力的明智选择。

这套书，也许不是所有篇章都堪称经典，但它们至少称得上名著，都具有经典性。

2018 年 7 月 15 日于北京大学

点击名著

◎ 课本里的作家

赵丽宏，当代著名散文家、诗人，中国作家协会全国委员会委员、中国散文学会副会长、上海作家协会副主席、《上海文学》杂志社社长。著有诗集《珊瑚》《沉默的冬青》等，散文集《生命草》《爱在人间》等，报告文学《心画》等。

赵丽宏从小是个"书虫"，最大的快乐就是读书，"只要拿起一本有意思的书，就能沉醉其中，忘了一切"。长大后，他曾回忆说："我读得多而杂，读得囫囵吞枣，读得没有章法，然而就是这样的阅读，使我开阔了眼界，增长了知识，使我深深地爱上了文学。"

读书使他爱上了文学，并最终使他成了全国著名的诗人和散文家。他写了很多经典的作品，《学步》《顶碗少年》《山雨》《与象共舞》《望月》《蝈蝈》等散文被选入各个版本小学语文教材，另有多篇作品被选入中国香港地区和新加坡的中学语文教材。在中国现当代作家中，除鲁迅先生之外，赵丽宏也许是作品被收入教材最多的作家，影响了一代又一代青少年学生。

◎ 读书就是"回家"

他的散文素有"诗的语言"之美誉，其优美诗意的文笔、丰富深远的内涵，堪称经典，曾获"冰心散文奖"等奖项。

读赵丽宏先生的文字，有一种"回家"的感觉。他笔下的人是普普通通的，学步的孩子、顶碗的少年、家中的慈父严母和亲婆，都熟悉得如同我们的亲朋好友。他笔下的景物是平日常见的，夏夜的星空、袅袅的炊烟，还有日常的风霜雨雪，熟悉到毫不起眼。就连他笔下的事物，也是生活中鸡毛蒜皮般的小事，童年笨事、与象共舞、雨夜飞来客，无不是作者生活中、旅途中经历的遇见的凡人凡事，一如我们所见所闻。

只是他用一双更敏锐的眼睛去观察，用一颗更赤诚的心去感恩，对这个世界，他总是报以坦诚和温情。他的笔调自然清新富有诗意，在这个快节奏的时代里有着罕见的沉稳和洁净；所写的话题贴近生活又不失深度，温和中给人以力量，朴实中给人以启迪。

阅读建议与指导

亲爱的孩子，当你打开这本书，其实也是打开了一扇门，在一个智者的引领下，从此诗意地栖居在大地上：与花草树木谈谈心，和鸟兽虫鱼做个伴；与风云雨露聊聊天，和日月星辰做思辨。这世间万物仿佛都成了你的朋友，成了你的老师。当你掩卷回味，你会收获满满的诗意、鲜活的联想，还有深深的哲思。

如此好书好文，我们怎能错过，亲爱的孩子，请进！

◎ 阅读小妙招一：查资料——知其人，读其书

"读一本好书，就像交了一个益友。"孩子们，要评判一本书是不是好书，是不是值得阅读，除了品读里面的文章，还有一个最简单有效的

办法，那就是先了解作者：他叫什么名字，他是哪里人，他有过哪些经历，获得过哪些成就。知其人，然后读其书，这往往错不了。

那么，让我们在读散文作品前，先查查资料，读读相关的评论，了解本书的作者——赵丽宏。如果你能为他建立一个作家名片，或根据资料做个漂亮的书签，那就更有意思，更有意义了！（形状、图案自由设计）

名片设计 （姓名、年龄、籍贯、成就、名言等）	书签设计 （可以一面是作家资料，一面是作家名言）

◎ 阅读小妙招二：订计划——看目录，定读法

古人说得好，"凡事预则立，不预则废"，读书也一样，尤其是读故事性不强的书籍，比如诗歌类、散文类、史地类、科普类等书籍，订一个计划，不仅能够提高读书效率，而且还能锻炼我们的意志，养成"今日事，今日毕"的好习惯。

本书收录赵丽宏先生四十二篇经典散文，建议用一周左右的时间读完。你可以根据目录分辑分篇读，比如两天或三天读一辑；也可以根据自己的喜好每天读固定的篇数，比如每天读六篇，正好七天读完；还可以和好朋友一起参加读书打卡小活动，记录每天阅读的篇目、积累的词句，共享阅读的感受，那一定很好玩。

阅读计划示例:

我读完这本书啦!我是小读者_____

《庐山雪》等十一篇　（　）月（　）日—（　）月（　）日

《城中天籁》等十五篇　（　）月（　）日—（　）月（　）日

《青鸟》等十六篇　（　）月（　）日—（　）月（　）日

《赵丽宏散文精选》读书计划

◎ 阅读小妙招三：做批注——精读文，细思量

在赵丽宏先生的笔下，童年的笨事是可笑可爱的，亲情的回忆是温暖温馨的，生活中的小人物是至真至诚的，自然界的小生灵是有情有爱的。他写人、写事、写社会，他写山、写水、写风雨，或细致入微，或深远宏大。读他的散文，我们切不可走马观花，请与他轻轻对话，并细细思量。

有一位先哲说过："读一本好书，就是在和许多高尚的人对话。"我们作为读者，非常有必要在日常的阅读中养成与书对话的习惯，即与作者对话、与文本对话，甚至与插图等对话。

赵丽宏先生一生痴迷于阅读，热衷于写作，其实他也是在不断地与书对话，与世间万物对话。我们在阅读他的文章时，如果能边静心阅读——读读想想悟悟，边与之对话——圈圈画画写写，那我们会获得更细致的发现，更深入的理解，更独特的感受。

古人说的"不动笔墨不读书"，其实也是与书对话的一种方式——批注式阅读。批注式阅读的方法有很多，可以根据不同需要在书上做各种

批注符号，比如：有疑问的地方打"？"，重点的字词下面标"△"，关键的句子画"======"，精彩的地方用"～～～～"等。文字批注的类型也很多，比如赏析式、质疑式、感悟式、补充式、联想式、评价式等。

请参照书中的例文，从自己特别喜欢的文章开始做批注吧！

◎ 阅读小妙招四：小检测——好习惯，养成否

亲爱的孩子，这个读书好习惯小检测，最好在读完《赵丽宏散文精选》整本书之后做！在做自我检测之前，请先读一读著名教育家叶圣陶说的一段话：

学生读课外书要注意养成好习惯。先看序文或作者、编者的前言，知道全书的梗概，是好习惯。把全书估计一下，预定分若干日看完，而且果真能按期看完，是好习惯。有不了解处，不怕查工具书，不怕请教老师或朋友，是好习惯。自觉有所得，随手写简要的笔记，是好习惯。半途而废，以及眼睛在书上，脑子开小差，都非常不好。

请对照这段话，检测一下自己在阅读这本书时，有没有养成叶老提到的这些好习惯，再根据等级，给自己涂红星。如果做得还不够，请把这本书重读一遍，然后继续涂红星。以后每读一本好书，都可以用这张表检测自己，直到真正养成读书好习惯。

读书好习惯检测表

序号	读书好习惯	自我评价
1	读书不忘看序文、前言、附录等，知道全书概况	☆☆☆☆☆
2	制订读书计划，如期看完整本书	☆☆☆☆☆
3	有不了解处，查资料，请教别人	☆☆☆☆☆
4	读书有所得，随手做批注	☆☆☆☆☆
5	专心阅读，不半途而废	☆☆☆☆☆
总 评		☆☆☆☆☆

亲爱的孩子，《赵丽宏散文精选》藏着一个自由而广博的世界，值得我们反复阅读，因为阅读它，我们会拥有看世界的另一双眼睛。

青 鸟

青鸟

学 步

儿子，你居然会走路了！

我和你母亲永远不会忘记这一天。在这之前，你还整日躺在摇篮里，只会挥舞小手，将明亮的大眼睛转来转去，有时偶尔能扶着床沿站立起来，但时间很短，你的腿脚还没有劲，无法支撑你小小的身躯。这天你被几把椅子包围着，坐在沙发前摆弄积木，我们到厨房里拿东西，你母亲偶尔一回头，突然惊喜地大叫："哎呀，小凡走路了！"我随声回顾，也大吃一惊：你竟然推开包围着你的任何东西，自己走到了门口！我们看到你时，你正站在房门口，脸上是又兴奋又紧张的表情。看见我们注意你时，你咧开嘴笑了。你似乎也为自己能走路而惊奇呢。

从沙发到房门口不过四五步路，这几步路对你可是意义不凡，是你人生旅途上最初的独立行走的路。我们都没有看见你如何摇摇晃晃走过来，但你的的确确是靠自己走过来了。当你母亲冲过去一把将你抱起来时，你却挣扎着拼命要下地。你已经尝到了走路的滋味，这滋味此刻胜过你世界里已知的一切，靠自己两条腿走路，就能找到爸爸妈妈，就能到达你想要到达的地方，那是多么奇妙多么美好的事情！

你的生活从此开始有了全新的内容和意义。只要有机会，你就要甩开我的手摇摇晃晃走你的路。你在床上走，在屋里走，在马路上走，在草地上走；你走着去寻找玩具，走着去阳台上欣赏街景，走着去追赶比你大的孩子们……

儿子，你从来不会想到，在你学步的路上，处处潜伏着危险呢。在屋里，桌角、椅背、床架、门，都可能成为凶器将你碰痛。当你踉踉跄跄在房里东寻西探时，不是碰到桌角上，就是碰翻椅子砸痛脚，真是防不胜防。已经数不清你多少次摔倒，数不清你头上曾被撞出多少个乌青和肿块，每次你都哭叫两声，然后脸上挂着泪珠爬起来继续走你的路。摔跤摔不冷你渴望学步的热情。在室外，你更是跃跃欲试，两条小腿像一对小鼓槌，毫无节奏地擂着各样的地面。你似乎对平坦的路不感兴趣，哪里高低不平，哪里杂草丛生，哪里有水洼泥泞，你就爱往哪里走。只要不摔倒，你总是乐此不疲。这是不是人类的天性？在你未来的人生旅途上，必然会遇到无数曲折和坎坷，儿子呀，但愿你不要失去刚学步时的那份勇气。

你开始摔倒在地的时候，总是趴在地上瞪大眼睛望我们，你觉得有点委屈，但很快习惯了，并且学会了一骨碌爬起来，再不把摔跤当回事。那次你沿着路边的一个花坛奔跑，脚下被一块大石头绊了一下。我们在你身后眼看着你一头撞到花坛边的铁栏杆上，心如刀绞，却无法救你——铁栏杆犹如一柄柄出鞘的剑指着天空！你趴在地上，沉默了片刻，才放声哭起来。我奔过去把你抱在怀中，不忍看你的伤口，我担心你的眼睛！好险哪！铁栏杆撞在你的额头正中，戳出一道又长又深的口子，血沿着你的脸颊往下流……

你的额头留下了难以消退的疤痕，这是你学步的代价和纪念。

儿子，你的旅途还只是刚刚开始，你前面的路还很长很长，有些地方也许还没有路，有些地方虽有路却未必能通向远方。生

命的过程，大概就是学步和寻路的过程，儿子啊，你要勇敢地
走，脚踏实地地走。

青 鸟

  下了一夜大雪。天刚亮，透过镶满冰凌花的窗玻璃向外看，只见一片耀眼的白色。红色的砖墙、青灰色的屋脊、墨绿色的柏树枝，全都变白了，仿佛世界上所有的色彩都融化在这单调的白色里。北风在低低地吼叫，窗台上的积雪飞着，飘着，似在炫耀雪天的寒冷……

  门缝里，悄然塞进一张沾着雪花的报纸来。呵，是那个年轻的女邮递员，冰天雪地的，她还是这么早就来了！我打开门，她已经远去，那绿色的背景在晶莹的白雪之中晃动着，显得分外鲜亮，雪地上，留下一行深深的脚印，弯弯曲曲，高高低低，从这一家门口，通向那一家门口……

  我捧着报纸，却看不下一行，那一团鲜亮的绿色，老是在我的眼前晃动、跳跃、飞翔，它仿佛化成了一只翩然振翅的鸟，飘飘悠悠地向我飞过来……

  ……绿色的鸟，在广袤的田野里飞着。近了，近了——原来是一位送信的老人，骑着自行车急匆匆地过来了。他的脸是深褐色的，长年在旷野里奔波的乡村邮递员大多这样，只是他的脸上还刻满了深深的皱纹，他的一身绿制服已经洗得很旧，只有车上挂着的那只邮袋还是绿得那么醒目。

  "小伙子，这是你的信吧？想家吗？"当他第一次把信送到我手里时，微笑着轻轻问了一句。不知怎的，这位老乡邮员，一见面就使我感到亲切。在他的善良的微笑里，在他的关切的询问中，我看见了一颗充满着同情和关怀的长者之心。

这是一个沉默寡言的老人，在农村送了几十年信。每天，他的自行车铃声在田埂上一响，田里干活的人们便围了上去。于是他便开始默默地分发信件，只是偶尔关照着什么。他不仅能叫出这方圆几十里地的大多数人的名字，还了解每家每户的情况呢。人们都亲切地叫他"老张头"。他管送信，也兼管寄信，社员们发信、寄包裹都拜托他。每每一圈跑下来，他的邮袋非但不空，反而装得更鼓了。逢到雨天，乡间的泥路便不能骑车了。这种时候，老张头要迟一点来。他穿着一件很大的雨衣，背着一个沉甸甸的大邮袋，背脊稍稍佝偻，竟显得十分矮小。尽管总是一脸雨，一脸汗，一身污泥，急匆匆的步子也常常吃力而又蹒跚，但是他却从来没有耽误过。这几十里泥路，实在是够他受的。

那时候，信，是我生活中多么重要的内容啊。在那些小小的信封里，装着亲人们的问候，装着朋友们的友谊，也装着我的秘密——远方，有一个善良而又倔强的姑娘，不顾亲友的反对，悄悄地、不附加任何条件地把她最纯真的初恋给了我。她在都市，我在乡村，在许多人眼里，这不啻有天壤之别啊。有了她，我生活中的劳累、艰辛，仿佛都容易对付了。像所有在初恋中的青年人一样，我激动、陶醉，常常陷入幸福美好的遐想……这一切，都是她的那些热情的信给我带来的，而所有的信，又都是通过这位老邮递员送到我手中的。下乡不多几天，我就深深地感觉到，这送信的老人，对于我是何等的重要！每天，我都急切地盼望着，盼望着他的绿色的、瘦小的身影出现在那条被刺槐树掩隐的小路上。那心情，就像远航在大洋中的水手盼望着从空蒙的海面上升起飘忽朦胧的海岸，就像跋涉在沙漠里的旅人盼望着从荒寂的黄丘中露出郁郁葱葱的绿洲。每次见到他，我的心总会扑通扑通地跳起来，血也仿佛会流得更快：哦，今天，会有她的信吗？……

这一切，这送信的老人应该是不会知道的，他每天要投送成百上千封信啊。他的表情好像有点麻木，密密的皱纹里，仿佛流出几丝忧悒。然而对我，他似乎特别关注一点，每次把信送到我手里时，他总是朝着我友好地微微一笑，日子久了，我恍惚觉得，他的笑容似乎变得意味深长了。这笑里，有关心，有赞许，也有鼓励，有时他还会笑着轻轻地对我说一声："又来了。"又来了？是她又来了！哦，这老人，仿佛已经知道了我的秘密。或许，在那些右下角印着金色小鸟的相同的信封上，在信封上那娟秀的字体里，在那个永远不变的寄信人的地址中，他隐约窥见了我的秘密。

人与人之间的了解，真是一件难以捉摸的事情。有些人整天厮混在一起，海阔天空，无所不谈，过后细细一想，却仍然有一层烟雾笼罩着，只能看出一个模糊不清的轮廓。而有些人交流甚少，只是一次偶然的邂逅，只是寥寥几句对话，甚至只是无声的一瞥，留在你心中的形象，却是鲜明而又亲切，使人难以忘怀。这送信的老张头，我和他几乎没有说上过一句囫囵的话，每天，当他把信送到我手中，我们只是点点头，他只是那么微微一笑，我却觉得，他已经完全了解了我，包括我内心的秘密。这个善良正直的老人，同情我，关心我，也喜欢我那远方的姑娘——她毫不犹豫地把自己的爱情献给一个插队在乡下的孤独的青年——他赞赏这种爱情！他的眼神，他的微笑，清晰地告诉了我这所有的一切。

　　我觉得，在我们的无声的交流中，有一种心灵的默契，有一种可贵的信任。倘若他问我，我决不会对他有任何隐瞒的，我愿意把我的所有一切，都向他和盘托出。然而，他从来不问我。

　　有时几天收不到她的信，我便会着急起来，老张头送信离开时，我总是一个人呆呆地站在田头，那模样大概是又怅惘又可怜的。"不要急。"他用简短的三个字安慰我。有一次，见我太失望，他轻轻地拍了拍我的肩膀，微笑着说："送你两句诗，怎么样？"啊，竟是秦少游的两句词："两情若是久长时，又岂在朝朝暮暮。"这使我诧异，这老人，居然还读诗词！他的声音，像一股凉滋滋的清泉，缓缓流进我焦虑的心，使我平静下来。

　　月有阴晴圆缺，爱情，也总是曲折的。朗澈的天空会突然飘过乌云，平静的水面会突然涌起风波……因为一些小小的误会，远方的姑娘竟和我赌气了，一连一个多月没有来信，这似乎是一次真正的危机，我陷入了极大的苦恼之中。老张头知道我的心思，每天来到田头，他总是凝视着我，然后意味深长地点点头。他没有说一句安慰我的话，但从他的表情中，我能感觉到他的深切同情和真挚关心，那深沉的目光，分明在对我说："要经受住考验啊。"

　　就在这时，老张头突然退休了。听人说，他身体不好。这一带的邮递员换上了一个骑摩托车的小伙子。正是初春，连着下了好长时间的雨，摩托车无法在泥泞的路上行驶，那小伙子竟然好几天没有来。当时正是乱哄哄的年头，乡村的邮局大概也没人管，社员们都骂开了。那天正在田里干活，忽然有人叫起来："老张头！老张头回来了！"我抬头一看，果然，在那条槐荫摇曳的小路上，老张头慢慢地走过来了。他还是穿着那件洗旧了的绿色制服，肩上背着一个沉甸甸的大邮袋。一个多月不见，他竟仿佛老了许多，背脊比先前佝偻得更厉害，头上也似乎添了不少银丝。看着在他脸上那些密密的皱纹里滚动的汗珠，看着那一身沾满泥巴的绿制服，我忽然涌起一股强烈的恻隐之情，这老人，已到儿孙绕膝的年纪了，还在这泥泞的道路上奔波……

说也奇怪，没有人号召，在田里干活的人们都不约而同地放下手里的农具，走到路边把老张头团团围了起来，亲热地问长问短。人们的热情，显然使老人激动了，他一面分发信件，一面笑着"嗯嗯"应答，说不出一句话来。

有人问："哎，你不是退休了，今天怎么又送信了？"

老张头一下子敛起笑容，仿佛来了火："是退休了，今天来领工资，看到信件都积压在邮局里，这怎么行！一个邮递员，哪能眼睁睁看着这么多信搁浅在半道上。他们不送，我老头子送！"

说着，他朝我走来，脸上又溢出真诚的微笑。看见他在信堆中挑拣着，我的心不禁怦地一跳……啊，雪白的信封，啊，那金色的小鸟展开翅膀向我飞来了！"拿着，我知道她会来的。"他微笑着，轻轻地说。

真正的爱情，毕竟不是脆弱的——误会涣然冰释了，我的小鸟飞回来了！这一切，又是老张头送给我的啊！久久地，我目送着远去的老人，只见他那淡绿色的瘦小的背影，在春天彩色的田野里摇晃着，缩小着，终于消失在萌动着万点新绿的远方。

从此，我总是对邮递员怀着一种真挚的敬意，有时真想拦住在路上见到的任何一位邮递员，大声地对他说："谢谢你们！谢谢你们！"离开农村后，我又遇到过几位年轻的女邮递员，虽然没有什么交流，但她们给我的印象是踏实、热情的，她们常常又使我想起老张头……

此刻，手里捧着当天的报纸，我依然看不下一行，洁白轻柔的雪花，还在窗外纷纷扬扬地飘，而报纸上的雪花早已融化，变成了一颗颗亮晶晶的小水珠，在我的眼前闪烁……我忽然想起杜甫的两句诗来："杨花雪落覆白萍，青鸟飞去衔红巾。"青鸟，这神话中美丽的小鸟，自古以来便被比作传递爱情的信使，受到人们的赞美。人民的邮递员——他们才是最忠诚、最坚忍、最值得赞美的青鸟啊！

顶碗少年

　　有些偶然遇到的小事情，竟会难以忘怀，并且时时萦绕于心。因为，你也许能从中不断地得到启示，从中悟出一些人生的哲理。

　　这是二十多年前的事情了。有一次，我在上海大世界的露天剧场里看杂技表演，节目很精彩，场内座无虚席。坐在前几排的，全是来自异国的旅游者，优美的东方杂技，使他们入迷了。他们和中国观众一起，为每一个节目喝彩鼓掌。一位英俊的少年出场了。在轻松优雅的乐曲声里，只见他头上顶着高高的一摞金边红花白瓷碗，柔软而又自然地舒展着肢体，做出各种各样令人惊羡的动作，忽而卧倒，忽而跃起……碗，在他的头顶摇摇晃晃，却总是不掉下来。最后，是一组难度较大的动作——他骑在另一位演员身上，两个人一会儿站起，一会儿躺下，一会儿用各种姿态转动着身躯。站在别人晃动着的身体上，很难再保持平衡，他头顶上的碗，摇晃得厉害起来。在一个大幅度转身的刹那间，那一大摞碗突然从他头上掉了下来！这意想不到的失误，使所有的观众都惊呆了。有些青年大声吹起了口哨……

　　台上，却并没有慌乱。顶碗的少年歉疚地微笑着，不失风度地向观众鞠了一躬。一位姑娘走出来，扫起了地上的碎瓷片，然后又捧出一大摞碗，还是金边红花白瓷碗，十二只，一只不少。

于是，音乐又响起来，碗又高高地顶到了少年头上，一切都要重新开始。少年很沉着，不慌不忙地重复着刚才的动作，依然是那么轻松优美，紧张不安的观众终于又陶醉在他的表演之中。到最后关头了，又是两个人叠在一起，又是一个接一个艰难的转身，碗，又在他头顶厉害地摇晃起来。观众们屏住气，目不转睛地盯着他头上的碗……眼看身体已经转过来了，几个性急的外国观众忍不住拍响了巴掌。那一摞碗却仿佛故意捣蛋，突然跳起摇摆舞来。少年急忙摆动脑袋保持平衡，可是来不及了。碗，又掉了下来……

场子里一片喧哗。台上，顶碗少年呆呆地站着，脸上全是汗珠，他有些不知所措了。还是那一位姑娘，走出来扫去了地上的碎瓷片。观众中有人在大声地喊："行了，不要再来了，演下一个节目吧！"好多人附和着喊起来。一位矮小结实的白发老者从后台走到灯光下，他的手里，依然是一摞金边红花白瓷碗！他走到少年面前，脸上微笑着，并无责怪的神色。他把手中的碗交给少年，然后抚摩着少年的肩胛，轻轻摇撼了一下，嘴里低声说了一句什么。少年镇静下来，手捧着新碗，又深深地向观众们鞠了一躬。

音乐第三次奏响了！场子里静得没有一丝儿声息。有一些女观众，索性用手掌捂住了眼睛……

这真是一场惊心动魄的拼搏！当那摞碗又剧烈地晃动起来时，少年轻轻抖了一下脑袋，终于把碗稳住了。掌声，不约而同地从每个座位上爆发出来，汇成了一片暴风雨般的响声。

在以后的岁月里，不知怎的，我常常会想起这位顶碗少年，想起他那一夜的演出；而且每每想起，总会有一阵微微的激动。这位顶碗少年，当时年龄和我相仿。我想，他现在一定已是一位成熟的杂技艺术家了。我相信他不会在艰难曲折的人生和艺术之路上退却或者颓丧的。他是一个强者。当我迷惘、消沉，觉得前途渺茫的时候，那一摞金边红花白瓷碗坠地时的碎裂声，便会突然在我耳畔响起。

是的，人生是一场搏斗。敢于拼搏的人，才可能是命运的主人。在山穷水尽的绝境里，再搏一下，也许就能看到柳暗花明；在冰天雪地的严寒中，再搏一下，一定会迎来温暖的春天——这就是那位顶碗少年给我的启迪。

童年笨事

如果回想一下，每个人儿时都做过一些笨事，这并不奇怪，因为儿时幼稚，常常把幻想当成真实。做笨事并不一定是笨人，聪明人和笨人的区别在于：聪明人做了笨事之后会改，并且从中悟出一些道理，而笨人则屡错屡做，永远笨头笨脑地错下去。

我小时候笨事也做得不少，现在想起来还会忍不住发笑。

追"屁"

五六岁的时候，我有个奇怪的嗜好：喜欢闻汽油的气味。我认为世界上最好闻的味道就是汽油味，比那种绿颜色的明星牌花露水味道要美妙得多。而且，我最喜欢闻汽车排出的废气。于是跟大人走在马路上，我总是拼命用鼻子吸气，有汽车开过，鼻子里那种感觉真是妙不可言。有一次跟哥哥出去，他发现我不停地用鼻子吸气，便问："你在做什么？"我回答："我在追汽车放出来的气。"哥哥大笑道："这是汽车在放屁呀，你追屁干吗？"哥哥和我一起在马路边前俯后仰地大笑了好一阵。

笑归笑，可我的怪嗜好依旧未变，还是爱闻汽车排出来的气。因为做这件事很方便，走在马路上，你只要用鼻子使劲吸气便可以。后来我觉得空气中那汽油味太淡，而且稍纵即逝，闻起来总不过瘾，于是总想什么时候过瘾一下。终于想出办法来。一次，一辆摩托车停在我家弄堂口。摩托车尾部有一根粗粗的排气管，机器发动时会喷出又黑又浓的油气，我想，如果离那排气管近一点，一定可以闻得很过瘾。我很耐心地在弄堂口等着，过了一会儿，摩托车的主人来了，等他坐到摩托车上，准备发动时，我动作敏捷地趴到地上，将鼻子凑近排气管的出口处等着。摩托车的主人当然没有发现身后有个小孩在地上趴着，只见他的脚用力踩动了几下，摩托车呼啸着箭一般蹿出去。而我呢，趴在路边几乎昏倒。

那一瞬间的感觉，我永远不会忘记——随着那机器的发动声轰然而起，一团黑色的烟雾扑面而来，把我整个儿包裹起来。根本没有什么美妙的气味，只有一股刺鼻的，几乎使人窒息的怪味从我的眼睛、鼻孔、嘴巴里钻进来，钻进我的脑子，钻进我的五脏六腑。我又是流泪，又是咳嗽，只感到头晕眼花、天昏地黑，恨不得把肚皮里的一切东西都呕出来……天哪，这难道就是我曾迷恋过的汽油味儿？等我趴在地上缓过一口气来时，只见好几个人围在我身边看着我发笑，好像在看一个逗人发乐的小丑。原来，猛烈喷出的油气把我的脸熏得一片乌黑，我的模样狼狈而又滑稽……

从此以后，我开始讨厌汽油味，并且逐渐懂得，任何事情，做得过分以后，便会变得荒唐，变得令人难以忍受。

囚　蚁

童年时曾经认为世界上所有的动物都可以由人来饲养，而且所有的动物都可以从小养到大，就像人一样，摇篮里不满一尺长的小小婴儿总能长成顶天立地的巨人，连蚂蚁也不例外。在歌子里唱过"小蚂蚁，爱劳动，一天到晚忙做工"，所以对地上的蚂蚁特别有好感，常常趴在墙角或者路边仔细观察它们的活动，看它们排着队运食物、搬家，和比它们大无数倍的爬虫和飞虫们作战……大约是五岁的时候，有一天我和妹妹忽发奇想：为什么不能把蚂蚁们放到玻璃瓶里养起来呢？像养小鸡小鸭那样养它们，给它们吃，给它们喝，它们一定会长大，长得比蟋蟀和蝈蝈们还要大。

这件事情并不复杂。找一个有盖子的玻璃药瓶，然后将蚂蚁捉到瓶子里，我们一共捉了十五只蚂蚁，再旋紧瓶盖。这样，这十五只蚂蚁便有了一个透明整洁的新家。我和妹妹兴致勃勃地观察着蚂蚁们在瓶子里的动静，只见它们不停地摇动着头顶的两根触须，急急忙忙地在瓶子里上下来回地走动，似乎在寻找什么。我想它们大概是饿了，便旋开瓶盖投进一些饭粒，可它们却毫无兴趣，依然惊惶不安地在瓶里奔跑。它们肯定在用它们的语言大声喊叫，可惜我听不见……第二天早晨起来，第一件事情就是看玻璃瓶里的蚂蚁。只见那十五只蚂蚁横七竖八躺在瓶底下，安安静静地一动也不动，它们全都死了。我和妹妹很是伤心了一阵，想了半天，得出结论：是因为药瓶里不透气，蚂蚁们是闷死的。（现在想起来更可能是瓶里的药味使小蚂蚁们送了命。）

原因既已找到，新的办法便随之而来。我找来一只火柴盒子，准备为蚂蚁们做一个新居。怕它们再闷死，我命令妹妹用大头针在火柴盒上扎出一些小洞眼，作为透气孔。当时已是深秋，天气有些冷，于是妹妹又有新的担忧："火柴盒里很冷，小蚂蚁要冻死的！"对，想办法吧。在妹妹的眼里，我这个比她大一岁的哥哥是无所不能的。我果然想出办法来：从保暖用的草饭窝里抽出几根稻草，用剪刀将稻草剪碎后装到火柴盒里，这样，我们的蚂蚁客人就有了一个又透气又暖和的新窝了。我和妹妹又抓来一些蚂蚁关进火柴盒里，还放进一些饼干屑，我们相信蚂蚁们会喜欢这个新家。遗憾的是不能像玻璃瓶一样在外面观察它们了。但可以用耳朵来听，把火柴盒贴在耳朵上，可以听见它们的脚步声。这些窸窸窣窣的声音极其轻微，必须在夜深人静时听，而且要平心静气地听。在这若有若无的微响中，我曾经有过不少奇妙的遐想，我仿佛已看见那些快乐的小蚂蚁正在长大，它们长出了美丽的翅膀，像一群威风凛凛的大蟋蟀……

然而我们的试验还是没有成功。不到两天时间，火柴盒里的蚂蚁们全都逃得无影无踪。我也终于明白，蚂蚁们是不愿意被关起来的，它们宁可在墙角、路边和野地里辛辛苦苦地忙碌搏斗，也不愿意在人们为它们设置的安乐窝里享福。对它们来说，没有什么比自由的生活更为可贵。

跳　河

在几十双眼睛的注视下，我爬上了苏州河大桥的水泥桥栏。我站得那么高，湍急的河水在我脚下七八米的地方奔流。我闭上眼睛，深深地吸了一口气，准备往下跳，然而脚却有点儿发抖……

背后有人在小声议论——

"喔，这么高，比跳水池的跳台还高！这孩子敢跳？"

"胆子还真不小！"

"瞧，他有些害怕了。"

"……"

议论声无一遗漏，都传进了我的耳朵。于是我闭上了眼睛，又深深地吸了一口气……

这还是读初中一年级时的事情。放暑假的时候，我常常和弄堂里的一批小伙伴一起下黄浦江或者苏州河游泳。有一天，看见几个身材健美的小伙子站在苏州河桥栏上轮流跳水，跳得又潇洒又优美，使人惊叹又使人羡慕。我突然也想去试一试，他们能跳，我为什么不能呢？小伙伴们知道我的想法后，都表示怀疑，他们不相信我有这样的胆量。我急了，赌咒发誓道："你们看好，我不跳不姓赵！"看我这么认真，有几个和我特别要好的孩子也为我担心了，他们说："好了，我们相信你敢跳了。你可千万别真的去跳！""假如'吃大板'，那可不是闹着玩的！"（"吃大板"，指从高空落水时身体和水面平行接触，极危险。）可是再也没有人能够阻拦我的决心。我爬上桥栏时，小伙伴们都为我捏一把汗，有几个甚至不敢看，躲得远远的……

然而当我站到高高的桥栏上之后，却真的害怕起来，尤其是低头看桥下的流水时，只觉得头晕目眩。在这之前，我从未在超过一米以上的高度跳下水，现在一下子要从七八米高的地方跳入水中，而且没有任何准备和训练，真是有点冒险。如果"插蜡烛"，保持直立的姿势跳下去，危险性要小些，但肯定会被人取笑。头先落水呢，一点把握也没有……我犹豫了几秒钟。在听到背后围观者的议论时，我一下子鼓起勇气：头先落水！

我眼睛一闭，跳了下去。但结果非常糟糕，因为太紧张，落水时身体蜷曲着，背部被水面又狠又闷地拍了一下，几乎失去知觉。挣扎着游上岸时，发现背脊上红红的一大片。不过，这极不潇洒的一跳，却使我懂得了怎样才能使身体保持平衡。

"这一跳不行，我重跳。"当小伙伴们拥上来时，我喘着气宣布了我的决定。不管他们怎样劝阻，我还是重新爬上了桥栏。我又跳了两次。尽管我看不见自己落水时的姿势，但从伙伴们的赞叹和围观者的目光来看，后两次跳水我是成功了。

我的父母和学校的老师从来不知道我曾到江河里游泳，更不知道我还敢从桥头往河里跳。他们也许不会相信，这样一个经常埋头在书中的文质彬彬的好学生，竟然会做出这种只有顽童才会去干的冒险行动。然而我确确实实这样干了，干得比顽童还要大胆。

为逞一时之强而去冒这样的险，似乎有点蠢，有点不值得，但我因此而树立了这样的信念：凡是我想要做的，我一定能够做到。随着年龄的增长，这信条越来越明确。尽管以后我也不断地有过失败和挫折，但我从没有轻易放弃过自己所追寻的理想和目标。

母亲和书

又出了一本新书。第一本要送的，当然是我的母亲。在这个世界上，最关注我的，是她老人家。

母亲的职业是医生。年轻的时候，母亲是个美人，我们兄弟姐妹都没有她年轻时独有的那种美质。儿时，我最喜欢看母亲少女时代的老照片，她穿着旗袍，脸上含着文雅的微笑，比旧社会留下来的年历牌上的那些美女漂亮得多，就是三四十年代上海滩那几个最有名的电影明星，也没有母亲美。母亲小时候上的是教会的学校，受过很严格的教育。她是一个受到病人称赞的好医生。看到她为病人开处方时随手写出的那些流利的拉丁文，我由衷地钦佩母亲。

在我童年的记忆里，母亲是个严肃的人，她似乎很少对孩子们做出亲昵的举动。而父亲则不一样，他整天微笑着，从来不发脾气，更不要说动手打孩子。因为母亲不苟言笑，有时候也要发火训人，我们都有点怕她。记得母亲打过我一次，那是在我七岁的时候。那天，我在楼下的邻居家里顽皮，打碎了一张清代红木方桌的大理石桌面，邻居上楼来告状，母亲生气了，当着邻居的面用巴掌在我的身上拍了几下，虽然声音很响，但一点也不痛。我从小就自尊心强，母亲打我，而且当着外人的面，我觉得很丢面子。尽管那几下打得不重，我却好几天不愿意和她说话，你可以说我骂我，为什么要打人？后来父亲悄悄地告诉我一个秘密："你不要记恨你妈妈，那几下，她是打给楼下告状的人看的，她才不会真的打你呢！"我这才原谅了母亲。

我后来发现，母亲其实和父亲一样爱我，只是她比父亲含蓄。上学后，我成了一个书迷，天天捧着一本书，吃饭看，上厕所也看，晚上睡觉，常常躺在床上看到半夜。对读书这件事，父亲从来不干涉，我读书时，他有时还会走过来摸摸我的头。而母亲却常常限制我，对我正在读的书，她总是要拿去翻一下，觉得没有问题，才还给我。如果看到我吃饭读书，她一定会拿掉我面前的书。一天吃饭时，我老习惯难改，一边吃饭一边翻一本书。母亲放下碗筷，板着脸伸手抢过我的书，说："这样下去，以后不许你再看书了。"我问她为什么，她说："读书是一辈子的事情，你现在这样读法，会把自己的眼睛毁了，将来想读书也没法读。"她以一个医生的看法，对我读书的坏习惯做了分析，她说："如果你觉得眼睛坏了也无所谓，你就这样读下去吧，将来变成个瞎子，后悔来不及。"我觉得母亲是在小题大做，并不当一回事。

其实，母亲并不反对我读书，她真的是怕我读坏了眼睛。虽然嘴里唠叨，可她还是常常从单位里借书回来给我读。《水浒传》《说岳全传》《万花楼》《隋唐演义》《东周列国志》《格林童话》《钢铁是怎样炼成的》《牛虻》等书，就是她最早借来给我读的。我过八岁生日时，母亲照惯例给我煮了两个鸡蛋，还买了一本书送给我，那是一本薄薄的小书《卓娅和舒拉的故事》。在五十年代，哪个孩子生日能得到母亲送的书呢？

中学毕业后，我经历了不少人生的坎坷，成了一个作家。在我从前的印象中，父亲最在乎我的创作。那时我刚刚开始发表作品，知道哪家报刊上有我的文章，父亲可以走遍全上海的邮局和书报摊买那一期报刊。我有新书出来，父亲总是会问我要。我在书店签名售书，父亲总要跑来看热闹，他把因儿子的成功而生出的喜悦和骄傲全都写在脸上。而母亲，却从来不在我面前议论文学，从来不夸耀我的成功。我甚至不知道母亲是否读我写的书。有一次，父亲在我面前对我的创作问长问短，母亲笑他说："看你这得意的样子，好像全世界只有你儿子一个人是作家。"

父亲去世后，母亲一下子变得很衰老。为了让母亲从悲伤沉郁的情绪中解脱出来，我们一家三口带着母亲出门旅行，还出国旅游了一次。和母亲在一起，谈话的话题很广，却从不涉及文学，从不谈我的书。我怕谈这话题会使母亲尴尬，她也许会无话可说。

去年，上海文艺出版社出版了我的一套自选集，四厚本，一百数十万字，字印得很小。我想，这样的书，母亲不会去读，便没有想到送给她。一次我去看母亲，她告诉我，前几天，她去书店了。我问她去干什么，母亲笑着说："我想买一套《赵丽宏自选集》。"我一愣，问道："你买这书干什么？"母亲回答："读啊。"看我不相信的脸色，母亲又淡淡地说："我读过你写的每一本书。"说着，她走到房间角落里，那里有一个被帘子遮着的暗道。母亲拉开帘子，里面是一个书橱。"你看，你写的书，一本也不少，都在这里。"我过去一看，不禁吃了一惊，书橱里，我这二十年中出版的几十本书都在那里，按出版的年份整整齐齐地排列着，一本也不少，有几本，还精心包着书皮。其中的好几本书，我自己也找不到了。我想，这大概是全世界收藏我的著作最完整的地方。

看着母亲的书橱，我感到眼睛发热，好久说不出一句话。她收集我的每一本书，却从不向人炫耀，只是自己一个人读。其实，把我的书读得最仔细的，是母亲。母亲，你了解自己的儿子，而儿子却不懂得你！我感到羞愧。

母亲微笑着凝视我，目光里流露出无限的慈爱和关怀。母亲老了，脸上皱纹密布，年轻时的美貌已经遥远得找不到踪影。然而在我的眼里，母亲却比任何时候都美。世界上，还有什么比母爱更美丽更深沉呢？

不褪色的迷失

日子在一天一天过去。逝去的岁月像从山间流失的溪水，一去不复返。回过头看一看，常常是云烟迷蒙，往事如同隐匿在雨雾中的树影，朦胧而又迷离。那么多的经历和故事搅和在一起，使记忆的屏幕变得一片模糊……

还好有一样东西改变了这种状况。它就像奇妙的魔术，不动声色地把逝去的岁月悄然拽回到你的眼前，使你情不自禁地感慨：哦，从前，原来是这样的！

这奇妙的魔术是什么呢？我的回答也许使你觉得平淡无奇，是摄影。

不过你不妨试一试，翻开你的影集，看看你从前的照片，看会产生什么感觉。如果你自己也是一个摄影爱好者，那么，看看自己从前亲手拍摄的各种各样的照片，又会有什么感想。

我的才八岁的儿子，一次看他刚出生不久的一张洗澡的照片时惊讶地大叫："什么，我那时那么年轻！连衣服也不穿哪！哎呀，太不好意思啦！"

我一边为儿子的天真忍俊不禁，一边也有同感产生。是啊，我们都曾经那么年轻，那么天真。那些发了黄的旧照片，会帮我们找回童年时的种种感觉。

我儿时的照片留下的很少，就那么两三张。有一张一寸的报名照，是不到三岁时拍的。照片上的我，胖乎乎的脸，傻呵呵的表情，眼睛里流露出惊恐和疑问，还隐隐约约含着几分悲伤……这张照片，使我很自然地回忆起儿时的一个故事。那是我最初的记忆之一。

那是我三岁的时候。有一次，跟父亲出门，在一条马路上走失在人群中。开始还不知道什么叫害怕，以为父亲会像往常一样，马上就出现在我的面前，将我抱起来，带回家中。然而我跌跌撞撞在马路上乱转了很久，终于发现父亲真的不见了。我惊慌的大叫引起很多行人的注意，数不清的陌生面孔团团地将我围住，很多不熟悉的声音问我很多相同的问题……然而我不愿意回答任何问题，因为我以为是父亲故意丢弃了我，我无法理解一向慈眉善目的父亲怎么会就这样把我扔在陌生人中间，自己一走了事。我以为我从此再也见不到自己的父母了，小小的心灵中充满了恐惧、悲哀和绝望。我一声不吭，也不流泪。被人抱着在街上转了几个小时之后，有人把我送到了公安局。一位年轻的女民警态度和善地安慰我，哄我，给我削苹果。另一位年轻的男民警在一边不停地打电话，听他在电话里说的话，我知道他是在帮我找爸爸。我在女民警的哄劝下吃了一个苹果，然而心里依然紧张不安。眼看天渐渐地暗下来，还没有父亲和家里的消息。我呆呆地望着窗外，恐惧和惊慌一阵又一阵向我袭来。尽管那位女民警不停地在安慰我"你别急，爸爸就要来了，他已经在路上了，过一会儿，你就能看见他了"，但我不相信。我想，父亲大概真的不要我了，要不，他怎么天黑了还不来呢？

就在我惊恐难耐的时候，女民警突然对着门口粲然一笑，口中大叫道："瞧，是谁来了？"我回头一看，只见父亲已经站在门口。

　　我永远也忘不了父亲当时的模样和表情。他那一向很注意修饰的头发乱蓬蓬的，脸似乎也消瘦了一圈。当我扑到父亲的怀抱里时，噙在眼眶里的泪水一下子夺眶而出，委屈、激动、欢喜和心酸交织在一起，化作了不可抑制的抽泣和眼泪。当我抬起头来看父亲的时候，不禁一愣：父亲的眼睛里，也噙满了泪水！在我的心目中，父亲是不会哭的，哭是属于小孩子的专利。父亲的泪水使我深深地受到了震动。父亲紧紧地抱住我，口中喃喃地、语无伦次地说着："我在找你，我在找你，我找了你整整一天，找遍了全上海，你不知道，我是多么着急……"

　　此刻，在父亲的怀抱里，我先前曾产生过的怀疑和怨恨顷刻间烟消云散。我尽情地哭着，痛痛快快哭了个够。哭完之后，我才发现，那一男一女两位警察一直在旁边微笑着注视我们父子俩。这时，我又不好意思地笑了。那个男警察摸着我的脑袋，笑着打趣道："一歇哭，一歇笑，两只眼睛开大炮……"这是当时的孩子人人都知道的一首儿歌。于是我们四个人一起笑起来……

　　从公安局出来，父亲紧拉着我的手走在灯光灿烂的大街上。他问我："你想吃什么？我给你买。"我什么也不想吃，只想拉着父亲的手在街上默默地走，被父亲那双温暖的大手紧握着，是多么安全多么好。然而父亲还是给我买了一大包好吃的东西，让我一路走，一路吃。走着，走着，经过了一家照相馆，看着橱窗里的照片，我觉得很新鲜。长这么大，我还没有进照相馆拍过照呢。橱窗里的照片上，男女老少都在对着我开心地微笑。我想，照相一定是一件很有趣的事情。父亲见我对照片有兴趣，就提议道："进去，给你照一张相吧！"面对着照相馆里刺眼的灯光，我的眼前什么也看不见，父亲又消失在幽暗之中，于是我情不自禁又想起了白天迷路后的孤独和恐惧。摄影师大喊："笑一笑，笑一笑……"我却怎么也笑不出来。当快门响动的时候，我的脸上依然带着白天的表情。于是，就有了那张一寸的报名照。在这张小小的照片上，永远地留下了我三岁时的惊恐、困惑和悲伤。尽管这只是一场虚惊。看这张照片时，我很自然地会想起父亲，想起父亲为我们的走散和团聚而流下的焦灼、欢欣的泪水。父亲在找到我时那一瞬间的表情，是他留在我记忆中的最清晰最深刻的表情。从那一刻起，我知道了，父亲和孩子一样，也是会流泪的，这是多么温馨、多么美好的泪水啊……

照片上的我永远是童稚幼儿，可是岁月却已经无情地染白了我的鬓发。而我的父亲，今年八十三岁，已经老态龙钟了。从拍这张照片到现在，有四十年了。四十年中，发生了多少事情，世事沉浮，世态炎凉，悲欢离合……可四十年前的那一幕，在我的记忆中却是特别清晰，特别亲切，仿佛就在昨天，仿佛就在眼前。岁月的风沙无法掩埋儿时的这一段记忆。当我拿出照片，看着四十年前我的茫然失措的表情时，不禁哑然失笑。四十年的漫长时光在我凝视照片的一瞬间消失得无影无踪……哦，父亲，在我的记忆中，你是不会老的。看到这张照片，我就仿佛看见你正在用急匆匆的脚步，满街满城地转着找我……而我，什么时候离开过你的视线呢？

前些日子，我，我的妻子，还有我的九岁的儿子，陪着我高龄的父母来到西子湖畔。久居都市，接触大自然的机会越来越少，我想陪他们在湖光山色中散散心，也想在西湖边上为他们拍一些照片。在西湖边散步时，我向父亲说起了小时候迷路的事情，父亲皱着眉头想了好久，笑着说："这么早的事情，你怎么还记得？"我说："我怎么会忘记呢？永远也忘不了，你还记得吗？那时，你还流泪了呢！"

父亲凝视着烟雨迷蒙的西湖，久久没有说话。我发现，他的眼角里闪烁着亮晶晶的泪花……

亲 婆

人的记忆是一个魔匣，它可以无穷无尽地装入，却不会丢失。你不打开这个魔匣，记忆都安安分分地在里面待着，不会来打搅你，也不会溜走。可是，只要你一打开它，往事就会像流水，像风，像变幻不定的音乐，从里面流出来，涌出来，你无法阻挡它们。

这几天，我突然想起了我的亲婆。亲婆，是我父亲的母亲，也就是祖母。我们家乡的习惯，都把祖母叫作亲婆。

亲婆去世的时候，我刚过十岁。我和她相处，不过几年，而且是在尚未开蒙的幼年，可是，直到今天，将近四十年过去了，亲婆的形象在我的记忆中还是那么清晰。她挪动着一双小脚，晃动着一头白发，微笑着向我走过来，一如我童年时。

亲婆是个很普通的老人，她的一生中大概没有任何惊心动魄的事件，我记忆中的故事和场景，也都平平常常，但我却无法忘记它们。我想，人间的亲情，大概就是这样。

她头上有只猫

我六岁之前，亲婆住在乡下，在崇明岛。我和亲婆之间，隔着一条浩浩荡荡的长江，我觉得她离我很远。

　　五岁那年，我乘船到乡下去玩。第一次看到亲婆时，我吓了一跳。亲婆的头上，竟然有一只大花猫！那只花猫亲昵地蹲在亲婆的肩头，把两只前爪搭在亲婆的头顶上。那时，我怕猫，尤其是那种有着虎皮斑纹的花猫，它们看上去阴险而凶猛，当它们大睁着绿色的眼睛瞪着我看的时候，我觉得它们的脑子里有很多狡猾残酷的念头，它们把我当作了老鼠，随时会向我扑过来。趴在亲婆头顶上的就是这样一只花猫。这只凶猛的花猫竟不怕我的矮小瘦弱的老亲婆，这实在使我感到吃惊。亲婆看着我，笑着站起来，那只花猫便从她的肩头跳下来，弓着身冲我怪叫一声，消失在阴暗的屋角里。

　　开始时，我觉得亲婆不可亲近，原因就是那只可怕的花猫。亲婆亲热地伸手摸我的脸时，我本能地往后躲。我想，她喜欢和这么吓人的猫亲热，为什么还要来和我亲热，我甚至觉得她的脸也有点像猫。

　　亲婆问我："你怕我？"

　　我点点头。

　　亲婆觉得很奇怪，又问："你为什么怕我？"

　　我回答："我看见猫爬在你头上。"

　　亲婆笑起来，她说："哦，我的孙子不喜欢猫爬到他亲婆的头上。"

　　后来，我发现那只花猫其实一点也不凶，第二天，它就和我熟悉了，看见我，它不再躲开，还会用它那毛茸茸的身体蹭我的脚。

　　随着那只猫在我心目中形象的渐渐改变，亲婆也慢慢变得可亲起来。

　　一直使我感到奇怪的是，除了第一次见到亲婆，我以后再也没有见过那只花猫爬到她的头上。也许，亲婆知道我不喜欢看到那猫爬到她头上后，就再也不许猫在自己身上乱爬了。

她的小脚

亲婆年纪要比我大将近七十岁，她的脚却比我的还要小，这是多么奇怪的事情。亲婆的小脚，就是从前女人的那种"三寸金莲"。

那时，我在城里也看到过缠过足的老太太，人们把她们称作"小脚老太婆"。她们走路的样子很奇怪，尤其是疾步快跑的时候，摇摇摆摆，使人觉得她们随时会摔倒在地。我一直感到奇怪，老太太们的脚，怎么会这样小。对于我没有弄清楚的事情，我喜欢发问。现在，有了一个小脚的亲婆，我可以问个究竟了。"你的脚怎么这样小？"我问亲婆。

亲婆正坐着拣菜，我的问题使她有点不知所措。她不愿意解释，又不想被五岁的孙子问倒，就笑着敷衍说："乡下的女人，生下来就是小脚。"

这样的回答显然很荒谬，因为，站在边上的乡下女孩，脚就比她的还大。

我不满意了，大喊起来："亲婆骗人！亲婆骗人！"

见我这么喊，亲婆急了，她把我按到板凳上，开始告诉我，从前的女人怎样缠足。她甚至从箱子底下找出了一条长长的缠足布，比画给我看，当年的女人怎样缠足。

这个话题，对亲婆绝不是一个愉快的话题，但是为了满足我的好奇心，她不厌其烦地向我讲解着。

我问她缠足痛不痛。她皱了皱眉头，好像被人打了一下。

“痛不痛啊？”我追着问。

“痛。痛得差点要了我的命。”

“缠小脚又痛又难看，你为什么不把那布条扔掉呢？”我紧追不舍地问她。

“唉，”亲婆叹了口气，“那时我还是个小孩，是大人逼着这样做，没办法的。我偷偷把布条解开过，被打了一顿，布条又被绑上去，还绑得更紧，痛得我死去活来。做女人苦哇……”

我后来才知道，亲婆小时候是“童养媳”，吃了很多苦。回想我小时候这样追问亲婆，逼着她回忆痛苦的往事，真是有点残酷。

在药店门口

我回上海去的前一天，亲婆带我到镇上去。走过一家中药店时，她说要进去买一点好吃的给我带回去。我不喜欢药店，药店的坛坛罐罐里，放着晒干的树叶草根，还有许多奇怪的切成碎片的东西。它们怎么会好吃呢？我觉得亲婆是糊弄我，噘着嘴不肯进去。亲婆说：“好，你在这里玩，我去一去就来。”

药店边上有一堵断墙，我躲在墙后面，心里想，你不给我买好吃的，我就让你找不到我。过了一会儿，只见亲婆急急忙忙地从药店里出来，手里拿着一个纸包。她站在药店门口，东张西望了一阵，看不到我的影子，便喊了两声，我偷偷地笑着，不发出声音来。她急了，颠动着一双小脚，朝相反的方向跑去。眼看她走得很远了，我才从断墙后走出来，大声喊：“亲婆，我在这里。”

她转过身来，以极快的步子向我奔过来。走到我身边时，路上的一块石头绊了她一下，她打了个趔趄，差点摔倒。我迎上去一步，扶住了亲婆。她一把拽住我的手，气喘吁吁地说：“你到哪里去了？把我的老命也急出来了。"看到她这么着急，我觉得很好玩。我好好地在这里，她这么急干吗？

她打开纸包，里面包的不是药草，而是一种做成小方块，在火上烤熟的米糕。她塞了一块在我的嘴里，这米糕又脆又甜，好吃极了。

我这才知道，亲婆没有骗我。我也知道了，世界上原来还有卖这样美味食品的中药店。

她到上海来了！

有一天，父亲问我："我要把亲婆接到上海来住，你高兴不高兴？"

"亲婆来我们家？"

父亲点点头。

"好啊，亲婆来啦！"我高兴得跳起来。

亲婆来上海，是我家的一件大事。那天下午，阳光灿烂，我和妹妹跟着父亲，到码头上去接亲婆。

亲婆从船上走下来的情景，我记得特别清晰。午后的阳光照在亲婆的脸上，一头白发变得银光闪闪。她眯缝着眼睛，满脸微笑，老远向我们招手。我的两个姐姐一左一右扶着她，慢慢地走出码头。她嫌姐姐走得太慢，甩开了她们的手，三步并作两步向我们奔过来……

出码头后，父亲要了两辆三轮车，他和两个姐姐坐一辆在前面引路，我和妹妹跟亲婆坐后面一辆。我和妹妹一左一右坐在亲婆的两边，她伸手揽住我们的肩胛，笑着不断地说："好了，好了，我们可以天天在一起了。"我和妹妹靠在她身上，兴奋得不知说什么好。亲婆从她的小包裹里拿出两个纸包，我和妹妹一人一包。隔着纸包，我就闻到了烤米糕的香味。

三轮车经过外滩时，她仰头看着那些高大的建筑，嘴里喃喃地惊叹："这么大的石头房子。"我后来才知道，亲婆以前从来没有到过上海。

"亲婆，以后我陪你来玩。"我拍着胸脯向亲婆许诺。

"我这个小脚老太婆，哪里也去不了。"亲婆拍拍我的肩胛，笑着说。

亲婆没有说错，到上海后，她整天在家里待着，几乎从不出门。外滩，她就见了这么一次。我的许诺，直到她去世也没有兑现。

有她的日子

天天有亲婆陪伴的日子，是多么美妙的日子。

在我的记忆里，亲婆像一尊慈祥的塑像。她坐在厨房里，午后的阳光柔和地照在她瘦削的肩头上。一只藤编的小匾篮，搁在她的膝盖上。小匾篮里，放着我们兄弟姐妹的破袜子。亲婆一针一线地为我们补着破袜子。那时，没有尼龙袜，我们穿的是纱袜，穿不了几天脚趾就会钻出来。在上海，我们兄弟姐妹一共有六个，我们的袜子每天都会有新的破洞出现，于是亲婆就有了干不完的活儿。我的每一双袜子上，都密密麻麻地缀满了亲婆缝的针线。补到后来，袜底层层叠叠，足有十几层厚，冬天穿在脚上，像一双暖和的棉袜套。

那时家里有一个烧饭的保姆，可有些事情亲婆一定要自己来做。她常常动手做一些家乡的小菜，我们全家都喜欢她做的菜。

亲婆做菜，用的都是最平常的原料，可经她的手烹调，就有了特殊的鲜味。譬如，她常做一种汤，名叫"腌鸡豆瓣汤"，味道极其鲜美。所谓"腌鸡"，其实就是咸菜。父亲最爱吃这种汤，他告诉我，家乡的人这么评论这汤："三天不吃腌鸡豆瓣汤，脚股郎里酥汪汪。"不吃这汤，脚也会发软。亲婆做这汤时，总是分派我剥豆壳。我们祖孙两人一起剥豆壳的时候，也是我缠着亲婆讲故事的时候。不过，亲婆不善讲故事。我知道，她年纪轻的时候，还是清朝，我问她清朝是什么样子，她只知道皇帝和"长毛"，还知道那时男人梳辫子，女人缠小脚。她的那对小脚就是清朝的遗物。

小时候我也是个淘气包，天天在外面玩得昏天黑地，回到家里，总是浑身大汗，脏手往脸上一抹，便成了大花脸。从外面回家，要经过一段黑洞洞的楼梯，只要我的脚步声在楼梯上响起，亲婆就会走到楼梯口等我，喊我的小名。亲婆的声音，就是家的声音。从楼下进门，我嚷着口渴，亲婆总是在一个粗陶的茶缸里凉好了一缸开水，我可以咕嘟咕嘟连喝好几碗。我觉得，亲婆舀给我的凉开水，比什么都好喝。我在外面玩，亲婆从来不干涉我，只是叮嘱我不要闯祸。一次，帮我洗衣裳的保姆埋怨我太贪玩，衣服老是会脏。亲婆听见后，便说："小孩子，应该玩，不像我小脚老太婆，没办法出门。小时候不玩，长大后就没有工夫玩了。不过要当心，不要闯祸。衣服弄脏，没关系。"她对保姆说："你来不及洗，我来洗。"长辈里，只有亲婆这么说，她懂得孩子的心思。

一只苹果

床底下，飘出一阵又一阵诱人的苹果香味，使我忍不住趴到地上，向床底下窥探。

那是经济困难时期，食品严重匮乏，有钱也买不到吃的东西。糖果糕点都成了稀罕物。一天，一个亲戚来做客，送了一小篓苹果。又大又红的苹果，放在桌子上，满屋子飘香。竹篓子用红线绑着，母亲不把红线拆开，苹果是不能吃的，这是家里的规矩。

母亲把苹果放在自己的床底下，可苹果的香气还是不断地从床底下散发出来，闻到香气，我就直咽口水。对一个不时被饥馑困扰的孩子来说，这实在是一种大诱惑。房间里没人的时候，我就趴在地上，把苹果篓拉出来，然后欣赏一阵，用鼻子凑上去闻闻它们的香味。那香味好像在用动听的声音对我说："来呀，来吃我呀。不把我吃了，我会烂掉。"

我终于无法忍受苹果的诱惑。竹篓子的网眼很大，不必把红线拆掉，我从网眼中挖出一个苹果来，一个人躲到晒台上美餐了一顿。

两天后，母亲想起了床底下的苹果。晚饭后，母亲拿出苹果，她拆开红线，打开竹篓一看，发现少了一个。母亲的脸沉下来，当着全家人的面，大声问："是谁嘴这么馋，偷吃了一个苹果？"

哥哥姐姐和妹妹都说没吃，我想承认，但又怕受到母亲的斥责。母亲见没人承认，光火了："难道苹果自己跑掉了？今天非得弄个水落石出！"见母亲发这么大的火，我更不敢承认了。

见没有人出来承认，母亲的火气越来越大，她把苹果篓收了起来，说："这件事情不弄清楚，谁也不要想吃苹果。"

这时，发生了一件我意想不到的事情。一直在一边默默地听着的亲婆突然站了出来，她笑着对母亲说："那只苹果是我吃掉的。你就把剩下的苹果分给小囡吃吧。"

亲婆吃了一个苹果，母亲当然无话可说。她不再追问，打开竹篓，一声不响地分给我们每人一个苹果。分到亲婆时，苹果已经没有了。亲婆说："我已经吃过了，不要再分给我了。"我手里捧着一个苹果，心里很难过。我知道，亲婆没有吃过苹果，可她为什么这么说呢？

等房间里没有人时，我走到亲婆面前，把苹果塞到她手里，轻轻地说："亲婆，这个苹果，应该你吃。"亲婆摸摸我的头，把苹果放回到我的手中。

"小孩子想吃苹果没什么不对。吃吧。"

我不敢抬头看亲婆，我知道，亲婆心里什么都明白。

这次"苹果事件"，以后再也没有人问过，只有我和亲婆知道其中的秘密。不过，我一直没有向她坦白。直到现在，想起这件事情，我还会觉得歉疚。

她和"疯老太"

我闯祸了！

我拼命奔跑着，一个怒气冲冲的老太婆挥舞着一根木棍在我身后紧追不舍。

这老太婆是一个孩子们见了都怕的女人，她身体粗壮，面貌丑陋，说话粗声大气，像一个凶恶的女巫。孩子们在背后都叫她"疯老太"。那天，我在弄堂里和几个小伙伴一起玩耍，"疯老太"在弄堂口午睡，她躺在一张破席子上，大声地打着呼噜。

有人调唆我："你敢不敢用西瓜皮扔她？"为了表现我的大胆，我捡起地上的两块西瓜皮，向"疯老太"扔去一块。西瓜皮不偏不倚，正好落在"疯老太"的脸上。"疯老太"从梦中被惊醒，一下子从地上跳了起来，她摸着被西瓜皮打湿的脸，怒不可遏地大叫："哪个赤佬想寻死？"我赶紧扔掉手里的另外一块西瓜皮，"疯老太"发现了，大喝一声："是你！今天我要打死你！"一边喊着，一边猛地向我扑过来。

我无路可逃，只能往家里跑。我奔进门，踏上楼梯，只听见后面的脚步声紧随着咚咚咚跟了上来。

我奔进楼梯边的亭子间，亲婆一个人坐在屋里补袜子。见我这么惊慌，亲婆忙问："什么事？"然而我已经没有时间解释了，楼梯上传来了"疯老太"的叫骂声："小赤佬，看你逃到哪里去，今天我要打死你！"

亲婆放下手里的针线，一把将我推到门背后，低声关照我："站着别出声！"然后又坐到原来的位子上，拿起针线做补袜子状。

这时，"疯老太"已经追到亭子间门口，她站在门口，大声问亲婆："那个小赤佬呢？你看见他了吗？"

我躲在门背后，紧张得不敢出气。此刻，我和"疯老太"距离不到一尺，能听到她急促的喘气声。站在门背后，我能看到亲婆，只见她很镇静地坐在那里，不动声色地回答"疯老太"："没有看见。"

"疯老太"在门口站了片刻，骂骂咧咧地下楼去了。

我从门背后走出来，还吓得直发抖。亲婆问清了事发的缘由，把我说了几句。她要带我去向"疯老太"道歉。我一听，慌了："那怎么行，她是疯子，要打人的！"

"我看她不疯。你们这样作弄她，她才生气。你不要害怕，我和你一起去找她。"

亲婆到上海后，很少出门，也不怎么和邻居交往。可这次，她却一反常态，一定要我带她去找"疯老太"。我知道自己理亏，可我怕被"疯老太"打，赖着不肯去。亲婆生气了，板着脸说："你不带我去找她，不向她去认个错，以后就不要叫我亲婆。"

我还是第一次看见亲婆这样生气，心里有点害怕，就答应了她。

第二天傍晚，亲婆牵着我的手，在苏州河边上找到了"疯老太"。我非常紧张，怕"疯老太"会扑上来打我，想不到，"疯老太"已经不记得我了。亲婆走到"疯老太"面前，说："上次，是我的孙子用西瓜皮扔了你，我带他来向你认错。"说着，她把我拉到"疯老太"跟前。我对"疯老太"说了声"对不起"。她愣了一下，笑起来。"疯老太"原来并不可怕。她眨了眨那双泪汪汪的红肿的眼睛，挥了挥手，大声说："事情过去就算了，小孩子，以后不要干坏事，干坏事，要吃苦头的！"

以后，"疯老太"看到我，总是对我笑。

死和生

亲婆的死，在我童年的经历中，留下了最深刻的印记。这一年，我上四年级。

那天晚上，我在一个同学家里做功课，只觉得眼皮跳个不停，听大人说过，眼皮跳，总有什么倒霉的事情会发生。会发生什么事情呢？眼皮越跳越厉害，跳得我心烦意乱。功课还没有做完，有一个同学从外面跑来找我，告诉我家里出了事情。

"你家有老人从楼梯上摔下来，你快回家去！"

我家的老人，一定是亲婆！我只觉得脑子嗡的一声炸开了。我一路奔跑着回到家里。走过那一段黑洞洞的楼梯时，我突然听到亲婆在叫我的小名。平时我放学回家时，亲婆总是站在楼梯口这样叫我。我心里一松，亲婆能叫我，大概没有什么事情。

可是亲婆不在楼梯口。楼梯口，围着不少人，都是平时不常来我家的邻居。他们见我回来，赶紧让出路来。我发现，他们的目光异样，似乎是同情，又好像是可怜。我走进房间，只见父母和哥哥姐姐都站在亲婆的床边。

亲婆躺在床上，半边的脸都肿了。她从楼梯上摔下去，头撞在地板上，被人背上来时，神志依然清醒。我扑到她身边，流着泪大声喊她。她睁开眼睛，看了我一眼，吃力地咧开嘴笑了笑，从喉咙里吐出几个含糊不清的字："不要哭，我七十八岁了……"

我回家后不到十分钟，亲婆就断了气。断气时，父亲紧紧地抱着她。我听到父亲像孩子一样哭着喊妈妈。这是我第一次看见父亲哭，而且哭得如此悲恸。我跟着父亲一起大哭，一边哭，一边喊亲婆。我觉得亲婆是不会这么死去的，我拼命摇着她的身体，希望她睁开眼睛，然而她再也不会醒来了。

我用蒙眬的泪眼凝视着亲婆平静安详的脸，往事一幕一幕重现在眼前，它们都已经过去，永远不会在我的生活中重演。以后的日子，我将失去亲婆的关怀和爱。我曾经答应过她，长大后，要买最好吃的东西来孝敬她，现在没有机会了。想到这些，我泪如泉涌……

这是我第一次体会到亲人离去的悲痛。

在亲婆去世的哀哭声中，我感到自己突然长大了许多。

我从记忆的匣子里倒出这些零星的往事，亲婆的形象，又像当年那样清晰地出现在我的眼前。记忆使时光倒流，记忆也使亲人死而复生。

炊 烟

在人迹罕至的深山密林里，假如看见一缕炊烟……

在饥肠辘辘的旅途中，假如看见一缕炊烟……

也许不会有什么比它更亲切了。那是一种动人的招手，是一种充满魅力的微笑，是一个似曾相识的陌生人，友好地向你挥动着一方柔情的白手绢……

掸落飘在肩头的枯叶，擦了擦额头的汗珠，我终于看见了在远方山坳里的炊烟，它优美地飘动着，无声无息地向我透露着一个质朴的希望。心中的惶乱被它轻轻地抚平了——在深山里走了大半天，饥饿、疲乏、山重水复的怅惘，曾经使我的脚微微地颤抖，步伐也失去了沉稳的节奏……

我急匆匆地走向山坳，走向炊烟。我想象着炊烟下可能出现的情景：大蘑菇似的小木屋，屋里，许是一个白胡子的看林老人，许是一个山泉般水灵的小姑娘，都带着一些童话的色彩……

果然看见两间小木屋了，只是普普通通，不像大蘑菇。木屋里走出一个胖胖的中年妇女，黑红的脸颊上，洋溢着只有山里人才有的那种健康的光彩。"客人来啦，快进屋里歇吧！"没等我开口，她就笑声朗朗地叫起来，一个矮小的男人应声走出来，这自然是她的丈夫了，他只是微笑着点头，似乎有些腼腆。

"能不能……麻烦买一点吃的？"早已过了吃午饭的时间，我不好意思地问。

"那还要问，坐下，先喝碗茶！"她把我按在一把竹椅上，转身从灶台的铁锅里舀给我一碗热气腾腾的开水，又悄声叮嘱了丈夫几句，那男人一声不吭地走出门去了。

灶台有点脏，她也许怕我看了不好受，找来一块抹布仔细擦了一擦。"山里人邋遢，将就一下啦！"她一边笑着，一边又从水缸里舀水洗那口空着的铁锅，一连洗了三遍。

不一会儿，那男人拎着满满一篮红薯和芋头回来了，并且已经在山溪中洗得干干净净。她把红薯和芋头倒进锅里，坐到灶背后烧起火来，他不知又到哪里去了。

小木屋里静下来，只有门外的哗啦哗啦的林涛和灶膛里毕剥毕剥的柴火，一起一落地在耳畔响着，协奏出一首奇妙的曲子。我喝着茶，打量着小木屋里的一切：简朴而结实的桌、椅、橱；门背后各种各样的农具；一架亮晶晶的半导体收音机，挂在一张毛茸茸的兽皮边上……这山里的农户，真有点世外桃源的味儿了。

红薯和芋头馋人的香味在小木屋里飘漾起来。"吃吧，爱吃多少就吃多少，只是别嫌粗糙啦。"她把一大盆冒着热气的红薯、芋头放到我面前。

哦，红薯和芋头，竟是那么香，那么甜，不仅抚慰了我的饥肠，也驱除了我的疲乏。这是我一生中最美的午餐之一！

她坐在一边，快活地笑着看我狼吞虎咽，手中，不停地打着一件鲜红的毛衣，毛衣不大，像是给孩子穿的。

"你有几个孩子？"

"有两个女儿，到山外读书去了，一个上小学，一个念中学，都寄宿在学校里。我想让她们将来都上大学呢！现在山里人富了，什么也不愁，就指望孩子们有出息。"她笑着回答，语气是颇为自豪的。这小木屋里，也有着和山外世界同样的憧憬和向往……

吃饱了，歇够了，该继续赶路了。我掏出一些钱给她。

"钱?"她又笑了，"这儿不是商店，快放回你的口袋里吧。如果不忘记山里的人，以后再来!"我的脸红了，也不知是为了什么，也许是为了这城里人的习惯……

起身走时，我发现背包变得沉甸甸的，打开一看，竟塞满了黄澄澄的橘子! 是他，原来刚去了橘林。"都是自家种的，带着路上解解渴。"他在一边腼腆地笑着，声音很轻，却诚恳。

我走了。她和他并肩站在门口，不停地向我挥手。

"再来啊!"他们的声音在山坳里回荡……

走远了，小木屋消失在绿色的林海之中，只有那一缕炊烟，依然优美地在天上飘……再来，也许永远没有机会了，然而我再也不会忘记武夷山中的这一缕炊烟，炊烟下，并没有什么动心夺魄的传奇故事，却有真诚，有纯朴，有人间最香甜的美餐……

蝈　蝈

　　窗台上挂起一只拳头大小的竹笼子。一只翠绿色的蝈蝈在笼子里不安地爬动着，两根又细又长的触须不时从竹笼的小圆孔里伸出来，可怜巴巴地摇晃几下，仿佛在呼唤、祈求着什么。

　　"怪了，它怎么不肯叫呢？买的时候还叫得起劲。真怪了……"一位白发老人凑近蝈蝈笼子看了半天，嘴里在自言自语。

　　老人的孙子和孙女，两个不满八岁的孩子，也趴在窗台上看新鲜。

　　"它不肯叫，准是怕生。"小女孩说。

　　"把它关在笼子里，它生气呢！"

　　小男孩说着，伸出小手去摘蝈蝈笼子。

　　"小囡家，别瞎说！"老人把笼子挂到小孙子摘不到的地方，然后又说，"别着急，它一定会叫的！"

　　整整一天，蝈蝈无声无息。两个孩子也差点把它忘了。

　　第二天，老人从菜篮里拿出一只鲜红的尖头红辣椒，撕成细丝塞进小竹笼里。"吃了辣椒，它就会叫的。"他很自信。两个孩子又来了兴趣，趴在窗台上看蝈蝈怎样慢慢把一丝丝红辣椒吃进肚子里去。

　　整个白天，蝈蝈还是没有吱声，只是不再在小笼子里爬上爬下。夜深人静的时候，蝈蝈突然叫起来，那叫声又清脆又响亮，把屋里所有的人都叫醒了。

"听见了吗？它叫了，多好听！"老人很有点得意。

两个孩子睡眼蒙眬，可还是高兴得手舞足蹈，把床板蹬得咚咚直响。

蝈蝈一叫就再也没有停下来，从早到晚，不知疲倦地叫，叫……它不停地用那清脆洪亮的声音向这一家人宣告它的存在。很快，他们就习以为常了。蝈蝈的叫声仿佛成了这个家庭的一部分。

蝈蝈的叫声毕竟太响了一点。在一个闷热得难以入睡的夜晚，屋子里终于发出了怨言：

"烦死了，真拿它没办法！"说话的是孩子的父亲。

"爸爸，蝈蝈为什么不停地叫呢？"

男孩问了一句，可大人们谁也不回答，于是两个孩子自问自答了。

"它大概也热得睡不着，所以叫。"

"不！它是在哭呢！关在笼子里多难受，它在哭呢！"

大人们静静地听着两个孩子的议论，只有白发老人用只有自己能听见的声音叹息了一声……

早晨醒来时，听不见蝈蝈的叫声了。两个孩子趴在窗台上一看，小笼子还挂在那儿，可里面的蝈蝈不见了。小笼子上有一个整齐的口子，像是用剪刀剪的。

"它咬破了笼子，逃走了。"老人看着窗外，自言自语地说。

热爱生命

父亲老了，七十有三了，年轻时那一头乌黑柔软的头发变得斑白而又稀疏。大概是天天在一起的缘故，真不知这头发是怎么白起来、怎么稀起来的。

有些人能返老还童，这话确实有道理。七十三岁的父亲，竟越来越像个孩子，对小虫小草之类的玩意儿的兴趣越来越浓。起初，是养金蛉子。乡下的亲戚用塑料盒子装了一只金蛉子，带给读小学的小外甥，却让他"扣"下来了。"小囡，迷上了小虫子，读书就没有心思了。"他一边微笑着申述理由，一边凑近透明的塑料盒子，仔细看那关在盒子里的小虫子。"听，它叫了！"他压低了声音，惊喜地告诉我，并且要我来看。盒子里的金蛉子果然在叫，声音幽幽的，但极清脆，仿佛一根银弦在很远的地方颤动。金蛉子形似蟋蟀，但比蟋蟀小得多，只有米粒大小，背脊上亮晶晶地披着一对精巧的翅膀，叫的时候那对翅膀便高高地竖起来，像两面透明的金色小旗在飘……

金蛉子成了他的宝贝了。他把塑料盒子带在身边，形影不离，有空的时候，就拿出盒子来看，一看就出神，旁人说什么做什么都不知道。时间长了，他仿佛和盒子里的金蛉子有了一种旁人无法理解的交流。那幽幽的叫声响起来的时候，他便微笑着陷入沉思，表情完全像个孩子。一次，他把塑料盒放在掌心里，屏息静气地谛视了好久。见我进屋来，他神秘地一笑，喜滋滋地说："相信吗？我能懂得金蛉子的意思呢！"

我当然不相信，这怎么可能呢！于是他把我拉到身边，要我和他一起盯着盒子里的金蛉子看。"我要它叫，它就会叫。"他很自信，也很认真。米粒大小的金蛉子稳稳地站在盒子中央，两根蛛丝般的触须悠然晃动着，像是在和人打招呼。看了一会儿，他突然轻轻地叫了起来：

"听着，它马上就要叫了！听着！"

果然，他的话音刚落，金蛉子背上两片亮晶晶的翅膀便一下子竖了起来，那幽泉般的鸣叫声便如歌如诉地在我的耳畔回旋……

"它马上要停了，你听着！"

金蛉子叫得正欢，父亲突然又轻轻推了我一下，用耳语急促地告诉我。他的话音未落，金蛉子果真停止了鸣叫。

这事情真有些奇了。我问父亲这其中究竟有什么奥秘，他笑了，并不是得意扬扬的笑，而是浅浅的淡淡的一笑。他说："其实呒啥稀奇的，看得多了，摸到它的规律了。不过，这小生命确实有灵性呢，小时候，我就喜欢听它们叫，这叫声比什么歌子都好听。有些孩子爱看它们格斗，把它们关在小盒子里，它们也会像蟋蟀一样开牙厮咬，可这有啥意思呢，人间互相残杀得还不够，还要看这些小生灵互相残杀取乐！小时候，我就喜欢听它们唱歌……"

他沉浸在童年的回忆中，绘声绘色地讲起了童年乡下的琐事，讲他怎样在草丛里捉金蛉子，怎样趁着月色和小伙伴一起去地主的瓜田里偷西瓜。在玉米田里，在那无边无际的青纱帐中，孩子们用拳头砸开西瓜吃个饱，然后便躺在田垄上，看着天上的月牙、星星和银河，静静地听田野里无数小生命的大合唱。织布娘娘、纺纱童子、蟋蟀、油葫芦，以及许许多多无法叫出名字的小虫子，都在用不同的声音唱着自己的歌，它们的歌声和谐地交织在一起，使黯淡的夏夜充满了生机，充满了宁静的气息……

"最好听的，还是金蛉子。"说起金蛉子，父亲兴致特别浓，"金蛉子里，有地金蛉和天金蛉。天金蛉爬在桃树上，个儿比地金蛉大得多，翅膀金赤银亮，像一面小镜子，叫起来声音也响，像是弹琴，可天金蛉少得很，难找，它们是属于天上的。地金蛉才是属于我们的。别看地金蛉个儿小，叫声幽，那声音可了不起，大地上所有好听的声音，都能在地金蛉的叫声里找到。不信，你来听听。"

盒子里的金蛉子又叫起来了。父亲侧着头，听得专注而又出神，脸上又露出孩子般的微笑……

秋深了。风一阵凉似一阵。橘黄的梧桐叶在窗外飞旋，跳着寂寞的舞蹈。塑料盒里的金蛉子开始变得沉默寡言了，越来越难得听到它的鸣叫。父亲急起来，常常凝视着塑料盒子发呆。盒子里的金蛉子也有些呆了，缩在角落里一动不动，那一对小小的响翅似乎也失去了亮晶晶的光泽。

"你把它放在贴身的衣袋里试试，用体温暖着它，兴许还能过冬呢！"母亲见父亲愁眉不展，笑着提了一个建议。

父亲真把塑料盒藏进了贴身的衬衣口袋。金蛉子活下来了，并且又像以前那样叫起来。不过金蛉子的歌声旁人是很难听见了，它只是属于父亲的，只要看到他老人家一动不动地站着或者坐着微笑沉思，我就知道是金蛉子在叫了。有时候，隐隐约约能听见金蛉子鸣唱，幽幽的声音是从父亲的身上，从他的胸口里飘出来的。这声音仿佛一缕缕透明无形的烟雾，奇妙地把微笑着的父亲包裹起来。这烟雾里，有故乡的月色，有父亲儿时伙伴的笑声和脚步声……

于是，我想起屠格涅夫那篇题为《老人》的散文诗来：

……那么，你感到憋闷时，请追溯往事，回到自己的记忆中去吧——在那儿，深深地、深深地，在百思交集的心灵深处，你往日可以理解的生活会重现在你的眼前，为你闪耀着光辉，发出自己的芬芳，依然饱孕着新绿和春天的媚与力量！

我的坐骑

　　我的坐骑当然不是古老的牛和马，也不是现代化的摩托车，而是介于两者之间的半机械化交通工具——自行车。自行车，也许可以看作是中国的一种象征。没有人能统计中国人拥有多少辆自行车。在西方，人们骑自行车只是为了健身或者消遣，而且大多只是儿童的玩意儿。中国人骑自行车是为了赶路，这是正儿八经的交通工具。从前，一个家庭有一辆自行车是一件了不得的事情，它往往就是全家最贵重的财产。现在，自行车早已算不得什么，谁家没有二三辆自行车？一辆自行车的价格甚至还不够时髦男女们买一双进口名牌皮鞋。这大概也是中国人生活水平提高的一种标志吧。然而自行车的职能却没有变化，它依然是大多数中国人的交通工具。在一个交通拥挤的城市里，小巧灵活的自行车有时候比轿车的速度还快。这种说法有点儿"阿Q"，却是事实。

　　我骑自行车的历史已将近三十年。"文革"期间在乡下"插队落户"时，曾做过一段时间的乡村邮递员，天天在狭窄而泥泞的乡间田埂上骑着一辆旧车来来去去送报递信，使我练得车技不俗，不过那时骑的是别人的车。有一辆属于自己的自行车，还是后来上了大学以后。那是七十年代末，我花了五十元钱从寄售商店买了一辆旧的没有商标的男式轻便自行车。为什么要买旧车？原因有两条：一是经济上的原因，对我这样一个没有薪水的穷学生，这旧车的价格还合适；另外，我认为旧车也有优点，随便丢在哪儿都不会使偷儿为之心动，所以不必为它操心。这辆车实在太暗淡太寒酸，一位在工厂当机修工的朋友看不过去，硬是把它骑回厂里，花工夫整修了一番，换了一些零件，又用绿油漆漆了一遍。还给我时，这辆旧车看上去居然颇有几分新意了。更重要的好处是，这辆车骑起来很省力气。

对这辆旧自行车来说，我并不是一个好主人。我每天骑它，却从来不保养，停在街头日晒雨淋对它来说是家常便饭。有时候，我还使我的坐骑横遭磨难。我有一个不太妙的习惯，喜欢边骑车边思考问题，在一般情况下，似乎可以一心两用，大脑尽管遐想联翩，小脑则凭本能指挥手脚操纵自行车。也有失灵失控的时候，有时候被别人的自行车撞倒，有时候自己摔倒在路上。最狼狈的一次，是猛然撞到一辆停在路边的公共汽车尾部，不仅把公共汽车撞出一个凹陷，自己的额头也碰出一个大包。而我的坐骑更惨，钢圈扁了，车身也撞得拱了起来……我那位工人朋友花在它身上的一片苦心不久便失去了踪影，它又恢复了那种灰驳落拓、锈迹斑斑的模样。只要还能骑，对它的外表我不在乎，而且我确实不用担心它会被人偷走，有时放在马路边忘了上锁，过几个小时它依然安安稳稳停在那里。谁也不会多看它一眼。

不过，我也越来越频繁地尝到了坐骑给我带来的麻烦。这麻烦，便是车子常常会突然出故障，骑到半路上，有时断了链条，有时坏了刹车，更多的是轮胎打炮。我只能一次一次狼狈地推着车子在路上找修车摊。我想，这大概也是我虐待坐骑而遭到的报应吧。

大学毕业，结婚成家，理应换一辆新车，但是旧车还能凑合着骑，也就一直没有换。那时住在偏僻的浦东，这辆旧车常常成为我们全家的"自备轿车"。儿子在襁褓中时，妻子抱着儿子坐在后面；儿子稍大一些，妻子坐在后面，儿子坐在前面的车架上。一天晚上，带着妻儿骑车回家，儿子突然从车架上滑下来，我慌忙去拉儿子，龙头一歪，顷刻人仰马翻，一家三口都摔倒在马路中间，幸好夜间路上车辆极少，三个人都安然无恙。寂静无人的路上回荡着儿子惊惶的哭声。从地上爬起来，我才发现自行车折断了一个踏脚板。在儿子的哭声和妻子的埋怨声里，我想，我的这辆老爷车，大概是该退休了。这辆旧车我整整骑了十年，后来送给了一个乡间的老裁缝。老裁缝不嫌它破旧，说还可以骑着它外出干活。我呢，当然又买了一辆自行车，这次是一辆新的"凤凰"牌单车，骑着出门自然比从前风光得多。然而我还是老习惯，一如当初对待那辆旧车，对新车也一视同仁，从不保养，骑到哪里扔到哪里，而且经常忘记上锁。这辆新车我骑了不到两年。有一次回家时将自行车停在门口忘了上锁，不过十分钟光景，车子已经无影无踪。如果这辆车破旧一点，大概不会有如此下场。这大概也是新车的短处吧。

　　以后我又换了好几辆自行车。有时候难免怀念最初曾经属于我的那两辆自行车，就像怀念两个和我形影相随多年的老朋友。它们此刻的处境如何呢？那辆旧车，是不是还在乡间的小路上颠簸着？那辆新车，是被偷儿肢解了，还是被一个我不认识的人骑着在城里到处乱转？……我不知道。

　　我现在的坐骑，仍然是一辆旧车。

与象共舞

　　在泰国，如果你在公路边或者树林里遇到大象，那是一件很自然的事。不必惊奇，也不必惊慌，大象对人群已经熟视无睹，它会对着你摇一摇它那对蒲扇般的大耳朵，不慌不忙地继续走它自己的路，一副悠闲沉着的样子。

　　象是泰国的国宝。这个国家最初的发展和兴盛，和象有着密切的关系。大象曾经驮着武士冲锋陷阵，攻城守垒；曾经以一当十、以一抵百地为泰国人做工服役。被驯服的大象走出丛林的那一天，也许就是当地生产、生活发生较大变化的日子。泰国人对大象存有亲切的感情，一点儿不奇怪。

　　在国内看大象，都是在动物园里远观，人和象离得很远。在泰国，人和象之间没有距离。很多次，我和象站在一起，象的耳朵拍到了我的肩膀，象的鼻息喷到了我的身上。起初我有些紧张，但看到周围那些平静坦然的泰国人，神经也就松弛了。在很近的距离看大象，我发现，象的表情非常平静。那对眼睛相对它的大脑袋，显得极小，目光却晶莹温和。和这样的目光相对，你紧张的心情自然就会松弛下来。

　　据说象是一种聪明而有灵气的动物。在泰国，大象用它们的行动证实了这种说法。在城市里看到的大象，多半是一些会表演节目的动物演员。在人的训练下，它们会踢球，会倒立，会用可笑的姿态行礼谢幕。最有意思的是大象为人做按摩。成排的人躺在地上，大象慢慢地从人丛里走过去，它们小心翼翼地在人与人之间寻找落脚点，每经过一个人，都会伸出粗壮的脚，在他们的身上轻轻地抚弄一番，有时也会用鼻子给人按摩。有趣的是，它偶尔也会和人开开玩笑。有一次，我看到一头象用鼻子把一位女士的皮鞋脱下来，然后卷着皮鞋悠然而去，把那位躺在地上的女士急得哇哇乱叫。脱皮鞋的大象一点儿也不理会女士的喊叫，用鼻子挥舞着皮鞋，绕着围观的人群转了一圈，才不慌不忙地回到那位女士身边，把皮鞋还给了她。那位女士又惊奇又尴尬，只见大象面对着她，行了一个屈膝礼，好像是在道歉。那庞大的身躯，屈膝点头时竟然优雅得像一个彬彬有礼的绅士。

最使我难以忘怀的，是看大象跳舞。那是在芭堤雅的东巴公园，一群大象为人们表演。表演的尾声，也是最高潮，在欢乐的音乐声中，象群翩翩起舞，观众都拥到了宽阔的场地上，人群和象群混杂在一起舞之蹈之，热烈的气氛感染了在场的每一个人。舞蹈的大象，没有一点儿笨重的感觉，它们随着音乐的节奏摇头晃脑，跐脚抬腿，前后左右颠动着身子，长长的鼻子在空中挥舞。毫无疑问，它们和人一样，陶醉在音乐之中了。这时，它们的表情仿佛也是快乐的。我想，如果大象会笑，此刻所展示的便是它们独特的笑。

旷野的微光

  图书馆宽敞的阅览大厅里，数不清的日光灯一起亮着。银白色的透明的灯光，柔和地洒满了这个宁静安谧的世界，只有读者轻轻的翻书声：沙沙、沙沙……不知怎的，我的眼前竟出现了一盏油灯，它微弱、幽暗，却是那么坚韧，那么美丽地闪烁、闪烁……

  这是一盏最简陋、最不起眼的小油灯：一只圆形的墨水瓶，一根棉纱灯芯，便是它的全部结构；它曾经有过一个方形的玻璃灯罩，不知在什么时候被打碎了，再也没有配起来。哦，我怎么能忘记它的光芒呢！在农村插队的岁月里，它的黄色的颤动的光芒，曾亲切地抚摸着我，使我度过了许多雨雾弥漫的夜晚……

  血红的夕阳垂落在天边，我，拖着长长的影子在田埂上蹀躞。这是十多年前的秋天，我刚下乡就下地干活了，一天下来，浑身仿佛散了架。回到我的小屋里，一个人木然颓坐，筋酸骨痛，心灰意懒，只有那盏小油灯忽闪忽闪地跳跃着，像一只在黑暗里闪闪发光的眼睛，用一种怜悯的目光凝视着我。在那昏黄幽弱的火光里，我看着自己扭曲了的影子在墙上晃来晃去，禁不住顾影自怜起来，觉得自己犹如一根茕茕孑立的野草，迷茫地面对着萧瑟的旷野……

  对了，在油灯下看一点书吧。然而，这是一个精神世界异常贫瘠的时代，那些千篇一律的文字，比我的粗硬的蒸玉米饭更难于下咽，我实在没有勇气啃它们。于是，对着那盏幽弱的小油灯，我又茫然了。油灯闪烁着，还是像一只炯炯的眼睛，只是它的目光之中似乎有嘲讽之色。它在嘲笑我的空虚和彷徨……在那闪烁的灯光里，我坐不住了：难道就这样让自己的青春糊里糊涂地流逝？难道就这样让自己的思想和灵魂在黑暗中麻木、腐朽？不！我不愿意！我想起了过去曾经读过的那些美好的书，我怀念它们，我要找到它们！油灯尽管微弱，也可以为我照明，在浓重的黑暗中，这样一点烛火就足够了！

美好的东西毕竟是禁灭不了的。远方的朋友为我带来了一些好书，当地几个念过书的老人，竟也为我找来一些难得的古书。最令我兴奋的是：在一所乡间中学里，我发现了一大堆被遗弃的旧书！从此，在那盏小油灯下，有了无数个令人沉醉的夜晚。我把灯芯挑得长长的，灯火，毕剥毕剥跳动着，成了一只兴奋的眼睛，它和我一起读书，一起分享着那份快乐。在它的微光里，我尽情驰骋着自己的情感和想象，我的目光透过那些破旧的书页，飞出我的小屋，看得无比遥远。世界，真大啊……

小油灯闪烁着。在那幽暗的微光里，我仿佛看见了李白，我看见他正驾着一片雪白的帆，在烟波浩渺的扬子江上留下豪放潇洒的歌声……我仿佛看见了苏东坡，他仰对一轮皓月，呼喊着天上的神仙，思念着地上的亲人……我还看见了泰戈尔，他把我引进一个神秘而又美妙的世界，那里的星星、月亮、海洋、森林，都流溢着奇异的光彩，使我流连忘返……我也看见了普希金，他坐着一辆雪橇，在苍茫灰暗的雪地上划出一行发光的诗句：心儿啊，永远憧憬未来！……还有雪莱，我常常能听到他热情而又庄严的声音：冬天来了，春天还会远吗！

小油灯闪烁着。在那幽暗的微光里，我仿佛跟着雨果来到十九世纪的法国，目睹了那一幕幕浸透着血泪的人间惨剧……我仿佛跟着狄更斯渡过英吉利海峡，见到了许多机智可爱的小人物……我看见罗曼·罗兰笔下那个愤世嫉俗的约翰·克利斯朵夫，正坐在一架古老的钢琴前，弹奏着一支深沉浑厚的乐曲；杰克·伦敦笔下的那个马丁·伊登，在一片惊涛骇浪之中，咬紧了牙关搏斗着……我为贾宝玉和林黛玉的悲剧叹息，为牛虻和保尔的韧性激动；我和林道静讨论着人生道路，向车尔尼雪夫斯基请教着美学问题……

哦，我的小油灯，这闪烁在旷野里的微光，是它又把我带回到那个被隔绝了的广阔多彩的世界。是它为我照明，让我看见了许多人类智慧和文化的结晶，看见了许多璀璨瑰丽的美好事物。我像一股柔弱细小的山溪，在那奇妙的微光之中，缓缓地流出闭塞的峡谷，汇集起许多晶莹的泉水和露珠，逐渐丰满起来，充实起来……

我的生活和情绪起了变化。在田野里干那繁重的农活，流着汗，淋着雨，顶着寒风，确实很辛苦，然而一想起那盏小油灯，想起它的温暖柔和的光芒，我的心头便会感到一阵欢悦，觉得自己寂寥的生活有了一些慰藉，有了一种寄托。可是，我也经常有一种莫名的担心，担心这一团弱小的豆火会突然被黑暗吞噬。有时，屋外风雨交加，窗户门板都被打得噼啪作响，风从门缝里钻进来，把一无遮掩的灯火吹得左右摇晃，然而它还是亮着，把黄澄澄的光芒投到我的书页上。有一次，它确乎经历了一场危险。说来也可笑，邻宅一只肥头肥脑的大黑猫，从来不抓老鼠，只会偷吃人们放着的食物，它竟觊觎着我的小油灯。一天晚上，它窜进我的小屋，爬上桌子，对着那盏油灯观察了好一会儿，竟愚蠢地用鼻子去嗅火苗，结果一声惨叫，夹着尾巴逃走了。油灯被撞倒在地下，油泼了大半，火苗却没有熄灭。第二天，我看见那只黑猫鼻子乌黑，烧断了好几根胡须，它远远地瞅着我的小油灯，依然丧魂落魄的样子。我的小油灯终于没有熄灭。

哦，在黑暗之中，那一星一点的火光是多么珍贵！我不会忘记那盏幽弱的小油灯，不会忘记那闪烁在旷野里的微光。

雨夜飞来客

雨点越来越急，越来越密，靠阳台的窗户玻璃被雨点打得噼啪作响，水珠子在玻璃上爬动着，描绘出许多古怪离奇的图案。一道闪电突然划破黑暗的天空，在一晃而过的惨白的光芒中，窗户上那些水纹更闪烁出神秘的色彩。大约过了三五秒钟，一声惊雷在空中炸响了，炸雷似乎就在屋顶上滚动，震得人心惊肉跳。

小凡，你出世才六个月，还是头一次听见雷响呢。由于这巨大的声音来得突然，你吓了一跳，小嘴一瘪一瘪，想哭了。然而你终于没有哭出来，窗外似乎有什么东西引起了你的兴趣。那双又黑又亮的眼睛睁得大大的，一眨也不眨。过一会儿，你竟手舞足蹈咧开嘴笑起来，眼睛还是牢牢地盯着窗外。

窗外有什么呢？我仔细观察了一下水淋淋的窗玻璃，隐约发现外面有一样东西在动，并且不时轻轻地碰着玻璃。我不由得心里一紧，这大雨之夜，黑咕隆咚的，我们这五层楼阳台上，会有什么不速之客呢？你却一点不紧张，依然盯着玻璃窗手舞足蹈。我小心翼翼打开窗户，不禁一愣：窗台上，站着一只鸽子。

不等我动手，鸽子便走到窗子里面来了。我赶紧又关上窗。这是一只蓝灰色中夹着白点的鸽子，大概就是常听养鸽人说的那种"雨点"。这"雨点"浑身被雨水淋得透湿，羽毛乱糟糟地贴在身上，站在那里瑟瑟地发抖。我的台灯开着，温暖柔和的灯光也许使它感觉到了亲切，它慢慢向台灯移动了几步，蓬松开羽毛使劲抖了一阵，溅出来的水珠子把摊在桌上的稿子也打湿了。

你发现的这位不速之客使我们一家都激动起来。

"哦，它大概是迷路了，我们留它住下来吧。"你妈妈伸手把鸽子捧起来，它也不挣扎，嘴里发出温顺的咕咕声。

你被爸爸抱在手里，眼睛却始终盯着鸽子，兴奋的目光里充满了好奇。当看到妈妈把鸽子捧在手里后，你又笑着手舞足蹈了。

为解决鸽子的住宿问题，我们颇费了一番脑筋。家里没有鸟笼，也没有空的小箱子小柜子，让你的这位飞来的小客人住在哪儿呢？你妈妈先是找出一个纸盒子，看看觉得太小，小客人恐怕无法活动；我建议用一个脸盆倒扣在地上当临时的鸽笼，结果也不行，我们怕小客人憋得受不了……最后总算有了一个大家都能接受的主意：把鸽子放到卫生间里，两平方米的天地，它要飞要跳都可以。

解决了住宿问题，还有吃饭问题呢。我们不知道"雨点"爱吃什么，玉米小米之类的食物家里没有，只能喂它一点米饭了。"雨点"一动不动地缩在屋角里，对它的新居既无新鲜感也没有惊惶不定，它倒是随遇而安。可是对于放在脚边的米饭，它却瞧也不瞧一眼。难道想绝食吗？

这时，你一个人躺在床上，嘴里咿咿呀呀地喊着，小手小脚把床板踢打得咚咚作响。你似乎在抗议了，抗议我们在接待你的小客人时把你排斥在外。你妈妈连忙抱起你，笑着哄道："哦，小鸽子是小凡凡发现的，小鸽子是小凡凡的客人。小凡凡去请小客人吃饭饭！"说着，我们便把你抱进了卫生间。

事情真有点不可思议，你一看见待在屋角里的鸽子，马上眉开眼笑，而且咯咯咯笑出了声音，一双小手在空中不停地挥舞。

鸽子呢，也开始东张西望，活泼起来，嘴里又发出了咕咕的叫声，不多一会儿，竟旁若无人地啄食起地上的饭粒来……

一夜风雨不停，隐隐约约的雷声在遥远的天边不祥地滚动。家里却平静极了，你睡得特别香，很难得地一夜酣睡到天亮。卫生间里的小客人也是一夜无声。

第二天早晨，天晴了，蔚蓝的天空纯净得犹如洗过一般。你眼睛一睁开就笑，而且吵着要我们抱你去卫生间。当看到恢复了精神的"雨点"在浴缸上蹦跳时，你又咯咯咯笑出了声音。和昨夜刚来时相比，"雨点"漂亮多了，羽毛变得又整齐又干净，还一闪一闪发出彩色的光芒。可它似乎有些心神不定，焦躁地在地上踱来踱去。

"它想家了。"妈妈贴着你的耳朵轻声告诉你。你仿佛听懂了，眼睛一眨一眨，严肃地盯着地上的"雨点"。

这时，来了一位邻居。听说我们家里飞来一只鸽子，他便建议道："那好哇，清炖鸽肉，比童子鸡还鲜哩！"我一愣，不知如何回答是好。你妈妈笑着答道："这是小凡凡的客人，怎么能这样呢！"于是邻居也一愣，笑着走了。

我们一家三口，把"雨点"送到阳台上。"雨点"咕咕地叫着在阳台栏杆上来回踱了两趟，终于拍拍翅膀飞走了。只见它绕着我们的楼房飞了几圈，很快便消失在森林一般的楼群中。你停止了手舞足蹈，仰起脑袋久久看着天空，眼睛里飘过一丝怅惘。

哦，儿子，你是担心"雨点"找不到自己的家，还是为你的小客人这样不辞而别感到伤心？

这时，天空中突然出现一群鸽子，它们从远处飞来，掠过我们的阳台，又飞向远方。

看着这一掠而过的鸽群，你先是惊奇，然后兴奋得又笑又

叫。鸽群消失后，你久久凝视着遥远的天空，明亮的眼睛里一片
平静。

绣眼和芙蓉

曾经养过两只鸟，一只绣眼，一只芙蓉。

绣眼体形很小，通体翠绿的羽毛，嫩黄的胸脯，红色的小嘴，黑色的眼睛被一圈白色包围着，像戴着一副秀气的眼镜，绣眼之名便由此而得。它的动作极其灵敏，虽在小小的笼子里，但上下飞跃时快如闪电。它的鸣叫声音并不大，但却奇特，就像从树林中远远传来群鸟的齐鸣，回旋起伏，变化万端，妙不可言。绣眼是中国江南的鸣鸟，据说无法人工哺育，一般都是从野地捕来笼养。它们无奈地进入人类的鸟笼，是真正的囚徒。它们动听的鸣叫，也许是对自由的呼唤吧。

那只芙蓉是橘黄色的，毛色很鲜艳，头顶隆起一簇红色的绒毛，黑眼睛，黄嘴，黄爪，模样很清秀。据说它的故乡是德国，养在中国人的竹笼中，它已经习惯了。芙蓉的鸣叫婉转多变，如银铃在风中颤动，也如美声女高音，清越百啭。晴朗的早晨，它的鸣唱就像一丝丝一缕缕阳光在空气中飘动。芙蓉比绣眼温顺得多，有时笼子放在家里，忘记了关笼门，它会跳出来，在屋里溜达一圈，最后竟又回到了笼子里。自由，对于它来说似乎已经没有多少吸引力了。

两只鸟笼，并排挂在阳台上。绣眼和芙蓉相互能看见，却无法站在一起。它们用不同的鸣叫打着招呼，两种声音，韵律不同，调门也不一样，很难融合成一体，只能各唱各的曲调。它们似乎达成了默契，一只鸣唱时，另一只便静静地站在那里倾听。据说世上的鸣鸟都有极强的模仿能力，这两只鸟天天听着和自己的歌声不一样的鸣唱，结果会怎么样呢？开始几个月，没有什么异样，绣眼和芙蓉每天都唱着自己的歌，有时它们也合唱，只是无法协调成二重奏。半年之后，绣眼开始褪毛，它的鸣唱也戛然而止。那些日子，阳台上只剩下芙蓉的独唱时而飘旋起伏。有一天，我突然发现，芙蓉的叫声似乎有了变化，它一改从前那种清亮高亢的音调，声音变得轻幽飘忽起来，那旋律，分明有点像绣眼的鸣啼。莫非，是芙蓉模仿绣眼的歌声来引导它重新开口？然而褪毛的绣眼不为所动，依然保持着沉默。于是芙蓉锲而不舍地独自鸣唱着，而且叫得越来越像绣眼的声音。绣眼不仅停止了鸣叫，也停止了那闪电般的上下飞跃，只是瞪大了眼睛默默聆听芙蓉的歌唱，仿佛在回忆、在思考。它是在回想自己的歌声，还是在回忆那遥远的自由日子？

想不到，先获得自由的竟是芙蓉。一天，妻子在为芙蓉加食后忘记了关笼门，发现时已在一个多小时以后，那笼子已经空了。妻子下楼找遍了楼下的花坛，仍不见芙蓉的踪影。在鸟笼里长大的它，连飞翔的能力都没有，它大概是无法在野外生存的。

没有了芙蓉，绣眼显得更孤单了，它依然在笼中一声不吭。面对着挂在对面的那只空笼子，它常常一动不动地伫立在横杆上，似乎是在思念消失了踪影的老朋友。

一天下午，我从外面回来，妻子兴冲冲地对我说："快，你快到阳台上去看看！"还没有走近阳台，已经听见外面传来很热闹的鸟叫声。那是绣眼的鸣唱，但比它原先的叫声要响亮得多，也丰富得多。我感到惊奇，绣眼重新开口，竟会有如此大的变化。走近阳台一看，我几乎不相信自己的眼睛：鸟笼内外，有两只绣眼。鸟笼里的绣眼在飞舞鸣叫，鸟笼外，也有一只绣眼，围着鸟笼飞舞，不时停落在鸟笼上。那只自由的野绣眼，翠绿色的羽毛要鲜亮得多，相比之下，笼里的绣眼显得黯淡，不过此刻它一改前些日子的颓丧，变得异常活泼。两只绣眼，面对面上下飞蹿，鸣叫声激动而急切，仿佛在哀哀地互相倾诉，在快乐地互相询问。妻子告诉我，那只野绣眼上午就飞来了，在鸟笼外已盘桓了大半日，一直不肯飞走。而笼里的绣眼，在那只野绣眼飞来不久就开始重新鸣叫。笼里笼外的两只绣眼，边唱边舞，亲密无间地分食着食缸里的小米，兴奋了大半天。

那两只绣眼此刻的情状，使我生动地体会到"欢呼雀跃"是怎样一种景象。妻子建议把笼门打开，她说那只野绣眼说不定会自动进笼，这样我们可以把它养在芙蓉待过的空笼子里。有一对绣眼，可以热闹一些了。可我不忍心打断两只绣眼如此美妙的交流，我不知道，在我伸出手去开鸟笼门时，会出现怎样的局面。是野绣眼进笼，还是笼里的绣眼飞走？我想了一下，无论出现哪种结局，都值得一试。于是我小心翼翼地伸出手去，但还没有碰到鸟笼，就惊飞了笼外那只野绣眼。我打开笼门，再退回到屋里。笼里那只绣眼对着打开的笼门凝视了片刻，一蹦两跳，就飞出了鸟笼。它在阳台的铁栏杆上站了几秒钟，然后拍拍翅膀，飞向楼下的花坛，转眼就消失得无影无踪。

从远处的绿荫中，隐隐约约传来欢快的鸟鸣。

水迹的故事

　　对我们这代人来说，艺术曾经是一种不能多谈的奢侈品。这两个字和一般人似乎并无关系，只是艺术家们的事情。其实生活中的情形并非如此，艺术像一个面目随和、态度亲切的朋友，在你不经意的时候，她突然就可能出现在你的身边，使你知道她原来是那么平易近人。只要你喜欢她，追求她，她总是会向你展示动人的微笑，不管在什么地方，在什么时候，她都会翩然而至，给枯燥乏味的生活带来些许生机。

　　小时候，我曾经做过当艺术家的梦，音乐、绘画、雕塑，这些都是我神往的目标。我可以面对一幅我喜欢的油画呆呆地遐想半天，也会因为听到一段美妙的旋律而激动不已。然而那时看画展、听音乐会的机会毕竟很少，周围更多的是普普通通的人和物体，而且大多色彩黯淡。不过这也不妨碍我走进艺术的奇妙境界。

　　童年时代，曾经住在一个顶棚漏水的阁楼上。简陋的居所，也可以为我提供遐想的天地。晚上睡觉时，头顶上那布满水迹的天花板就是我展开想象翅膀的天空。在这些水迹中，我发现了各种各样的山、树、云，还有飞禽走兽、妖魔鬼怪，当然，也有三教九流的人物，有《西游记》《水浒》和《封神榜》中种种神奇的场面。我经常看着天花板在床上编织许多稀奇古怪的故事，睡着以后，梦境也是异常的缤纷。

有一天下大雨，屋顶上漏得厉害，大人们手忙脚乱地忙着接水，一个个抱怨不迭，我却暗自心喜。因为我知道，晚上睡到床上时，天花板上一定会出现新的风景和故事。那天夜里，天花板上果然出现了许多奇形怪状的水迹。新鲜的水迹颜色很丰富，有褐色，也有土黄，还有绛红色。我在这些斑驳的色块和杂乱无序的线条中发现了惊人的画面。那是海里的一个荒岛，岛上有巨大的热带植物，还有赤身裸体的印第安人。有一个印第安人的头部特写给我的印象特别深刻。那是一个和真人一样大小的侧面头像，那印第安人有着红色的脸膛，浓眉紧蹙，目光里流露出忧郁和愤怒。他的头上戴着一顶极大的羽毛头冠，是很典型的印第安人的装束。看着天花板上的这些图画，我记忆中所有有关印第安人的故事都涌到了眼前。那时刚刚读过笛福的《鲁滨孙漂流记》，小说中那些使我感到神秘的"土人"，此刻都出现在我眼前的天花板上，栩栩如生地对我挤眉弄眼。在睡眼蒙眬之中，我仿佛变成了流落孤岛的鲁滨孙……

看天花板上的水迹，是我儿时秘密的快乐，是白天生活和阅读的一种补充。谁能体会一个孩子凝视着水迹斑斑的天花板而产生的美妙遐想呢？现在，当我躺在整洁的卧室里，看着一片洁白的天花板，很自然地会想起童年时的那一份快乐。这快乐，现在已经很难得了。于是，在淡淡的惆怅之后，我总是会想，人的长大，是不是都要以牺牲天真的憧憬和无拘无束的想象力作为代价呢？

城中天籟

井

——《都市童话》之一

虽然人们仍旧把我称作井，但其实我早已失去了作为一口井的效用。我已经被封顶多年，只是不合时宜地独立于热闹的市声之中，只是默默地在无穷无尽的黑暗中做着古老的梦。我的水面上不会有一丝波纹，生命的声音和色彩已经远离我而去，连井壁上那些暗绿色的苔衣，也不知在什么时候剥落，无声地飘进水里，融化在我暗无天日的幽寂中……

如果问那些七八岁的孩子：井为何物？井是用来做什么的？从前的人为什么要在城市里挖井？孩子们也许会对你大睁着迷茫的眼睛，回答不出一个字来。在他们的眼里，我不过是一个高出地面的水泥疙瘩，他们可以在我的头顶上打牌、蹦跳，可以把我当作他们游戏中的一个旧时代的碉堡，可他们不会想到，在我的心里，也曾涌动过温暖的流水，也曾渴望着看见他们的笑脸，渴望着听见他们的呼喊吵闹。然而这一切都已经过去，我的眼前只有一片无穷无尽的黑暗，倘使心里曾经有过灿烂的光明，如果被黑暗笼罩得太久，这光明也会逐渐消失。唉，我大概真的是没有用处了，过时了，是应该被人遗忘，被人遗弃了……

记不清了，我已经多少日子没有看见过天光。从前，人们爱在井栏边探出他们的头，把他们的脸映到我的脸上，我曾经看到过无数不同的脸庞，看到过这些脸庞上许多不同的表情。人们把我当作真实清纯的镜子，来照他们世俗的脸。他们在我的清澈中欣赏他们自己的表情，看他们自己的嘴脸。老人的昏浊，姑娘的羞涩，小伙子的热烈，孩子们的天真和惊喜，都一清二楚地映照在我的水面上，这些表情的背景，都是深远的天空。这天空时而晴朗，时而阴晦，然而不管是蓝色还是灰色，都是辽阔明亮的背景，尽管我只能看见其中小小的一块。我听见过人们的笑声和哭声，那些遭遇不幸的女人曾把她们的泪珠滴落在我的水面，发出轻幽的回声。我最喜欢听孩子们对着我放开嗓门喊叫，听他们稚嫩的声音在我的面前悠悠荡漾……当然，最使我兴奋的，是那只被一根绳索系着的木桶，飘飘荡荡从天上悠然落下，在我的胸中激起轰然的回声，水花溅湿了砖砌的井壁，青绿的苔草在水的喧哗中微笑着目送水桶升向天空。这升向天空的清水，将把我的激情和梦想都泼洒在大地上……这一切都已是那么遥远，那么陌生。此刻，我的周围唯有沉寂和黑暗。

在刺耳的喧嚣里，沉静是一种幸福；在长久的沉寂之中，有时也会使人向往生命的声息。这些日子，总有些声音袭扰着我。我不知道，从地面上传来的是什么声音，这声音由远而近，由幽弱而浊重，一阵又一阵地震荡着我，使我死寂的水面上漾起细微的涟漪……也许，属于我的那一份宁静将不复存在？

我无法向世人讲述我此刻的不安和紧张。和这声音一起到来的，将是什么？我忐忑地等候，我的目光茫然而又焦灼地注视着头顶上那一片深不见底的黑暗……

随着震耳欲聋的一声巨响，一道亮光闪电一般从我的头顶射入……啊，光明，久违的光明啊，你为什么如此刺眼？在你的闪耀之中，我什么也看不见，眼前一片眩晕。从天空纷纷落下的，是泥土和石块，如同一张灰蒙蒙的网，呼啸着向我罩来，几乎使我窒息。过了很久，我才喘过气，渐渐看清了我头顶出现的景象，六七张陌生的面孔，在井口探头探脑地往下看。我不明白，比起先前的人们，这些面孔为什么如此肥硕臃肿，这些面孔上的眼睛为什么如此咄咄逼人？面孔上的嘴巴们一张一合地翕动，他们在说话：

"哦，是一口井！"

"嘿，还有水哪！"

"是什么陈年老井，老古董，大概早发臭了吧？"

"谁晓得呢？不过里面的水好像还清得很。"

"清得很？你敢喝？"

"算啦，别说废话！"

"怎么办呢？"

"那还用问，填掉拉倒！"

嘴巴、眼睛、脑袋们一下子消失，井口露出了天空。这天空是陌生的，天空中看不见太阳和云彩，只有一幢幢我从未见过的高楼大厦，示威似的在空中晃动。

又是一声巨响在我的头顶轰然而起，我感到整个世界都在摇晃，天旋地动，古老的井壁发出可怕的开裂声，砖石在我的面前崩塌，泥土和巨石从天而降，钢铁的机械和高楼大厦们纷纷向我倒下来，压过来……

在机械和砖石的喧嚣声里，谁也听不见我最后的呻吟。人们将忘记我，忘记在楼群的谷地中，曾经有过一口小小的古老的水井。不过我想，我大概永远不会从这个世界上消失，我的激情，我的幻想，我的追寻和向往，在毁灭的同时，又获得了新生，它们将沿着砖石的缝隙，无声地流向四面八方……

山 雨

来得突然——跟着那一阵阵湿润的山风，跟着那一缕缕轻盈的云雾，雨，轻轻悄悄地来了……

先是听见它的声音，从很远的山林里传来，从很高的山坡上传来——

沙啦啦，沙啦啦……

像一曲无字的歌谣，神奇地从四面八方飘然而起，并且逐渐清晰起来，响亮起来，由远而近，由远而近……

雨声里，想起了李商隐的诗："萧洒傍回汀，依微过短亭。气凉先动竹，点细未开萍。稍促高高燕，微疏的的萤……"仿佛就是在写我此刻的感觉。雨，使这山中的每一块岩石，每一片树叶，每一丛绿草，都变成了奇妙无比的琴键，飘飘洒洒的雨丝是无数轻捷柔软的手指，弹奏出一阕又一阕优雅的、带着幻想色彩的小曲……"此曲只应天上有"啊！

雨使山林改变了颜色。在阳光下，山林的色彩层次多得几乎难以辨认，有墨绿、翠绿，有淡青、金黄，也有火一般的红色。在雨中，所有色彩都融化在水淋淋的嫩绿之中，绿得耀眼，绿得透明。这清新的绿色仿佛在雨雾中流动，流进我的眼睛，流进我的心胸……

这雨中的绿色，在画家的调色板上是很难调出来的，然而只要见过这水淋淋的绿，便很难忘却。记忆宛若一张干燥的宣纸，这绿，随着丝丝缕缕的微雨，悄然在纸上化开，化开……

去得也突然——不知在什么时候，雨，悄悄地停了。风也屏住了呼吸，山中一下变得非常幽静。远处，一只不知名的鸟儿开始啼啭起来，仿佛在倾吐着浴后的欢悦。近处，凝聚在树叶上的雨珠继续往下滴着，滴落在路畔的小水洼中，发出异常清脆的音响——

叮——咚——叮——咚……

仿佛是一场山雨的余韵。

望　月

　　船舱里突然亮起来，一缕银白色的光芒，从开着的窗口里幽然射入，在小小的舱房里无声无息地飘，飘⋯⋯

　　是月亮出来了！入睡以前，天空是黑沉沉的，浩瀚的天幕墨海一般倒悬在头顶，没有一颗星星。辽阔的长江从漆黑的远天中奔泻下来，只听见江水浑厚沉重的叹息声⋯⋯

　　我搬一把椅子，悄悄地走到甲板上坐下来。夜深人静，甲板上没有第二个人，只有我的影子，长长的，黑黝黝地拖在我身后的舱壁上。

　　月亮是出来了。不知在什么时候，它挣脱了云层的封锁，灿然跃现在天幕中，骄傲而又安详地吐洒着它的清辉。这是一个残缺的月亮——就像开在天上的一扇又圆又亮的窗户，窗户的右上角被一方黑色的窗帘遮着；又像是一个寒光闪烁的冰球，球体的一部分已经开始融化⋯⋯

　　月亮改变了夜天的形象。云层在它的四周逐渐溃散着，消失着，不可思议地融化在它清澈晶莹的光芒中，只留下一层透明无形的轻绡，若有若无地在它们面前飘来飘去，形成一圈虹彩似的光晕。星星们也一颗一颗跳出来了。漆黑的夜天变成了深蓝色，那是一片孕育着珠贝珍宝的神奇的海⋯⋯

　　月光洒落在长江里，江面被照亮了，流动的江水中，有千点万点晶莹闪烁的光斑在跳动。很多不规则的波纹，在水面起伏着变幻着，仿佛是无数神秘的符号。江两岸，芦荡、树林和山峰的黑色剪影，在江天交界处隐隐约约地伸展起伏着，月光为它们镀上了一层银子的花边……

偶然回头时，竟发现身边多了一个人。这是跟随我出来旅行的小外甥，刚才明明还睡得很香，此刻居然也已经搬着一把椅子坐到了甲板上。

"是月亮把我叫醒了。"小外甥调皮地朝我眨了眨眼睛，又仰起头凝望着天上的月亮出神了。不知道他在想什么。小外甥是五年级小学生，聪明好学，爱幻想，和他交谈是一件很愉快的事情，他常常用许多问题逼得我走投无路。

"我们来背诗好吗？写月亮的，我一首你一首。"小外甥向我挑战了。写月亮的诗多如繁星，他眼睛一眨就是一首。

他背："床前明月光，疑是地上霜……"

我回他："明月几时有，把酒问青天……"

他背："月上柳梢头，人约黄昏后……"

我回他："海上生明月，天涯共此时……"

他背："……天阶夜色凉如水，卧看牵牛织女星。"

我回他："……嫦娥应悔偷灵药，碧海青天夜夜心。"

……………

诗，和月光一起，沐浴着我们，笼罩着我们，使我们沉醉在清幽旷远的气氛中。小外甥在自己小小的诗歌库藏中搜索着，不知是山穷水尽了，还是背得有些腻烦了，他突然中止了挑战，冒出一个问题来：

"你说，月亮像什么？"

他瞪大眼睛等我的回答，两个乌黑的瞳仁里，各有一个亮晶晶的小月亮闪闪发光。

"你呢？你觉得月亮像什么？"

"像眼睛，独眼龙，老天爷的一只眼睛。"小外甥几乎不假思索地回答。

他的比喻使我愣了一愣。于是我又问："你说说，这是一只什么样的眼睛？"

小外甥想了一会儿，说："这是一只孤独的眼睛，它用冷淡的眼光凝视着大地。别看它冷淡得很，其实很喜欢看我们的大地，所以每一次闭上了，又忍不住偷偷睁开，每个月都要圆圆地睁大一次……"他绘声绘色地说着，仿佛在讲一个现成的童话故事。

而我，却交了一次白卷。因为我觉得自己的想象力远不如小外甥。

"你听过贝多芬的《月光曲》吗？"小外甥的思路像月光一样飘飞着，他又想到了音乐。"我们的语文课本里，有一篇文章就是讲《月光曲》的，我能背下来。你要不要听？"

他大声背诵起来，清脆的声音在月光下回荡，那么清晰：

"……一阵风把蜡烛吹灭了。月光照进窗子来，茅屋里的一切好像披上了银纱，显得格外清幽。贝多芬望了望站在他身旁的兄妹俩，借着清幽的月光，按起了琴键。

"皮鞋匠静静地听着。他好像面对着大海，月亮正从水天相接的地方升起来。微波粼粼的海面上，霎时间洒遍了银光。月亮越升越高，穿过一缕一缕轻纱似的微云。忽然，海面上刮起了大风，卷起了巨浪。被月光照得雪亮的浪花，一个连一个朝向岸边涌过来……皮鞋匠看看妹妹，月光正照在她那恬静的脸上，照着她睁得大大的眼睛。她仿佛也看到了，看到了她从来没有看到过的景象，月光照耀下的波涛汹涌的大海……"

在小外甥的朗诵里，我的耳边分明响起了琴声，琴声如月光，琴声如月下流水……这是一个发生在月光中的动人的故事，伟大的贝多芬在这个故事里写出了不朽的《月光曲》，他把月光化成了美丽的琴声。从此，在那些没有月亮的黑夜里，他的琴声宁静而又忧伤地向人们描绘着莹洁清澈的月光，这月光永远不会消失。

天边那些淡淡的云絮在不知不觉中聚集起来，变得密集、沉重，一会儿，月光就被云层封锁了。天空又突然黝黑深涩起来，只有离月亮很远的地方还闪烁着几颗星星。

"月亮困了，睁不开眼睛了。"小外甥打了个呵欠，摇摇晃晃走回舱里去了。

甲板上又只留下我一个人。我久久凝视着月亮消失的地方，那里有一片隐隐约约的亮光。是的，这亮光是蕴涵无穷的，这是诗和音乐的泉眼，它使我焕发了童心，轻轻地展开了幻想的翅膀……

光 阴

谁也无法描绘出他的面目，但世界上到处都能听到他的脚步声。

当枯黄的树叶在寒风中飘飘坠落时，当垂危的老人以留恋的目光扫视周围的天地时，他还是沉着而又默然地走，叹息也不能使他停步。

他从你的手指缝里流过去。

从你的脚底下滑过去。

从你的视野你的思想里飞过去……

他是一把神奇而又无情的雕刻刀，在天地之间创造着种种奇迹。他能把巨石分裂成尘土，把幼苗变成大树，把荒漠变成城市和园林。他也能使繁华之都衰败成荒凉的废墟，使闪亮的金属爬满绿锈，失去光泽。老人额头的皱纹是他镌刻出来的，少女脸上的红晕也是他描画出来的。生命的繁衍和世界的运动全都由他精心指挥着。

他按时撕下一张又一张日历，把将来变成现在，把现在变成过去，把过去变成越来越远的历史。

他慷慨。你不必乞求，属于你的，他总是如数奉献。

他公正。不管你权重如山，腰缠万贯，还是一介布衣，两袖清风，他都一视同仁。没有人能将他占为己有，哪怕你一掷千金，他也决不会因此而施舍一分一秒。

你珍重他，他便在你的身后长出绿荫，结出沉甸甸的果实。你漠视他，他就化成轻烟，消散得无影无踪。

有时，短暂的一瞬会成为永恒，这是因为他把脚印深深地留在了人们的心里。

有时，漫长的岁月会成为一瞬，这是因为风沙淹没了他的脚印。

秋 兴

秋风一天凉似一天。风中桂花的幽香消散了，菊花的清香又飘起。窗外那棵老槐树，不知什么时候有了黄叶，风一紧，黄叶就飘到了窗台上。在热闹的都市里，要想品味大自然的秋色，已经不是一件容易的事情。在都市人的观念中，季节的转换，除了气温的变化，除了服装的更替，似乎再也没有别的什么了。

而我这个爱遐想的人，偏偏不愿意被四处逼来的钢筋水泥囚禁了自己的思绪。听着窗外的风声，我想着故乡辽阔透明的天空，想着长江边上那一望无际的银色芦花，想着从芦苇丛中扑棱着翅膀飞上天空的野鸭和大雁，想着由翠绿逐渐变成金黄色的田野……唉，可怜的都市人，就像关在笼子里的鸟，只能用可怜的回忆来想象奇妙的自然秋色了。

小时候，背过古人吟咏秋天的诗文："秋风起兮白云飞，草木黄落兮雁南归"，"落霞与孤鹜齐飞，秋水共长天一色"，"秋阴不散霜飞晚，留得枯荷听雨声"，"落叶西风时候，人共青山都瘦"，"采菊东篱下，悠然见南山"……这些诗文使我对自然的秋色心驰神往。想起来，古人虽然住不进现代都市的深院高楼，享受不到很多时髦便捷的现代化，但他们常常陶醉于奇妙的大自然，他们的心境常常和自然融为一体，世俗的喧嚣和烦恼在青山绿水中烟消云散。这样的境界，对久居都市的现代人来说，大概只能是梦境了。

年轻时代，我的生命也曾和大自然连成一体。在故乡崇明岛"插队落户"多年，日出而作，日落而息，晒黑了皮肤，磨硬了筋骨，闻惯了泥土的气味，从外表上看，我曾经和土生土长的乡亲们没有了区别。然而骨子里的习性难改。当我一个人坐在江边的长堤上，面对着浩瀚的长江，面对着银波荡漾的芦苇的海洋，倾听着雁群在天空中发出的凄厉呼叫时，我总是灵魂出窍，神思飞扬。我曾经想，在我们这个星球上，所有的生命都应该是有知觉的，其中包括一滴水，一株芦苇，一只大雁。我躺在涛声不绝的江边，闭上眼睛，幻想自己变成一滴水，在江海中自由自在地奔腾，变成一株芦苇，摇动着银色的头颅，在秋风中无拘无束地舞蹈，也变成一只大雁，拍动翅膀高飞在云天，去寻找遥远的目标……我曾经把自己的这些幻想写在我的诗文里，这是对青春的讴歌，是对人生的憧憬，是对生命和自然天真直率的诘问。如今再回头聆听年轻时的心声，我依旧怦然心动。当年的涛声、雁鸣、飞扬的芦花、掺杂着青草和野艾菊清香的潮湿的海风、荡漾着蟋蟀和纺织娘鸣唱的清凉的月光，仿佛仍在我的周围飘动鸣响。故乡啊，在你的身边，这一切都还美妙一如当年吗？

然而一切都很遥远了。此刻，窗外流动的是都市的秋风，没有大自然清新辽远的气息。今年夏天回故乡时，我从长江边采了几枝未开放的芦花，回来插在无水的盆中，它们居然都一一开出

了银色的花朵，使我欣喜不已。这些芦花，把故乡的秋色送到了我的面前。这些芦花，也使我联想到自己鬓边频生的白发，这是人生进入秋季的象征，谁也无法阻挡这种进程，就像无法阻挡秋天替代夏天、春天替代冬天一样。不过我想，人的心灵和精神的四季，大概是可以由自己来调节的。当生存的空间和生理的年龄像无情的网向你罩过来时，你的心灵却可以脱颖而出，飞向你想抵达的任何境界，只要你有这样的兴致，有这样的愿望，有这样的勇气。

是的，此刻，聆听着秋声，凝视着芦花，我在问自己：你，还会不会变成一只大雁，到自由的天空中飞翔呢？

冰霜花

一

你从南国来信，要我描绘北方寒冷的景象，这使我为难了。在地图上，我们这个城市是在中国的南北之间，冬天，远不如东北寒冷，比起你们花城，自然冷多了，凛冽的北风，也能刺人骨髓。然而很难告诉你，什么是这里冬天的特征。你想象中的冰天雪地，这里没有。对了，有一个很有趣的现象，值得向你描绘一下。

早晨醒来，我的窗上总是结满了晶莹的冰霜。这是一些奇妙的花儿，大大小小，姿态各异：有六个瓣儿的，像一朵朵被放大了的雪花；有不规则的，无数长长短短呈辐射状的花瓣布满了玻璃窗格。仿佛有一个身怀绝技的雕刻大师，每天晚上，都在窗上精心雕刻出新鲜的花样，使我一睁开眼睛，就得到一种美的享受，就感受到大自然和生活的多姿多彩……

大自然的创造，是人工所无法模拟的。窗上的这些冰霜花，实在是一个奇迹，每天出现，却绝不重复，千奇百怪，翻不尽的花样。看着它们，我总是感到自己的想象力太贫乏。它们似乎像世上所有的花儿，又似乎全都不像，于是，我想到了天女的花篮，想到了海底的水晶宫……如果是画家，他一定会从这些晶莹而又变化无穷的花纹中得到许多灵感和启示的。而我却只有惊叹，只有一些飘忽迷离的想入非非。我觉得它们是一朵朵有生命的花，是一首首无比精妙的诗⋯⋯

二

太阳出来后，窗上的冰霜花便会渐渐融化，使窗户变得一片模糊，再也没有什么动人之处了。所以我有时竟希望太阳稍稍迟一些出来，能使这些晶莹的花儿多保留一些时候，让我多看几眼，多驰骋一会儿想象。

这些美妙的小花，只和寒冷做伴。我刚才说的那个雕刻大师，就是它——寒冷，呼啸的北风是它的雕刻刀。在人们诅咒着严寒的时候，它却悄悄地、不动声色地完成了它举世无双的杰作。大概很少有人看见过冰霜花开放的过程，这也许可以算一个秘密，只有风儿知道，只有水珠儿知道。当那些游荡在温暖的屋子里的水汽，在窗上凝结成小水珠时，窗外的寒流便赶来开始了它的雕刻。对小水珠儿来说，这种雕刻，可能是一场痛苦的煎熬，是一次生死的搏斗——柔弱而纯洁的小生命，面对强大的寒流，顽强地坚守着自己的营地，勇敢地抗争着。寒流终于无法消灭这些颤动的小生命，只是使它们凝固在玻璃上，成了一朵朵亮晶晶的花儿。

能不能说，冰霜花，是一场搏斗的速写，是一群弱小生命的美丽庄严的宣言呢？你可能会笑我牵强附会。但我从这些开放在严寒之中的小花儿身上，悟出了一个道理：美，常常是在艰难和搏斗中形成的。

三

是的，严寒为世界带来了灾难，却也造就了美。假如你看到被雪花覆盖的洁净辽阔的田野，看到北方人用巨大的冰块镂刻出千姿百态的冰雕冰灯，你一定会惊喜得说不出话来。而冰霜花，似乎是把严寒所创造的美全部凝集在它们那沉静而又精致的形象之中了。面对着它们，你也许再也不会诅咒寒冷。看着窗上的冰霜花，我也曾经想起南国的那些花，那些在炎阳和热风中优雅而又坦然地绽开的奇葩：凤凰花、茉莉花、白兰花、美人蕉、米兰……以及许多我从未曾有机会见识的南国花卉。在难耐的酷暑中，它们微笑着，轻轻地吐出清幽的芳馨。我想，它们，和这里的冰霜花似乎有着共同的性格，一个在严寒中形成，一个在高温下吐苞，都曾经历了艰难、痛苦和搏斗，却一样地美丽，一样地使人赏心悦目。无论在北方还是在南方，我们的周围，总是有一些美好的东西在默默地生长着，不管世界对它们多么严酷。也许，正是因为形成在严酷之中，这些美，才不平庸，不俗气，才会有非同一般的魅力。

四

你看，我扯得远了。还是回到我要向你描绘的冰霜花上来吧。

然而遗憾得很，暖洋洋的阳光已经流进了我的屋子。窗上的冰霜花早已融化了，像一行行泪水，在玻璃上无声无息地流淌，仿佛是因为失去了它们的美而悲哀地哭泣着。不错，冰霜花，毕竟不能算真正的花，看着玻璃窗上那一片朦胧的水雾，我心中不禁有几分怅然。不过，到明天清晨，它们一定又会悄悄开放在我的窗上，向我展现它们那全新的容颜。

望星空

　　童年时，常在夏夜仰望星空，那是记忆中神奇的时光。生活在上海这样的都市，只能从楼房的夹缝中看见巴掌大的天空，但这并不妨碍我对夜空的观察。儿时调皮，也大胆，在炎热的夏夜，家里闷热睡不着，便一个人悄悄走到晒台上，爬上屋顶，在窄窄的屋脊上躺下来。这时，头顶的夜空突然变得阔大幽邃，星星也繁密了，星光也清亮了，平时看不见的银河，从夜空深处静静地流出来。身畔有夜鸟和飞蛾掠过，轻声的鸣叫，伴随着羽翼振动，梦一般飘忽。如果有流星划过夜空，我会轻声发出惊叹……这时，心里很自然想起背诵过的一些古诗，诗中也有星空。我想，古人看见的夜空，和我看见的夜空，应该是一样的吧。至今仍记得当年常想起的那几首诗。

　　一首是刘方平的七绝《月夜》："更深月色半人家，北斗阑干南斗斜。今夜偏知春气暖，虫声新透绿窗纱。"这首诗，仿佛就是写我仰望星空的景象。四句诗，前两句写夜空，月色星光，伴随时光流转，后两句写大地，暖风拂面，春色轻盈，天籁荡漾，令人心驰神往。

　　一首是杜牧的七绝《秋夕》："银烛秋光冷画屏，轻罗小扇扑流萤。天阶夜色凉如水，卧看牵牛织女星。"这是我最喜欢的唐诗之一，诗中安谧美妙的情景，使我感觉熟悉亲切，也引起我无穷的联想。尤其是"天阶夜色凉如水"一句，说不出的传神和形象，夜空如深不可测的海洋，波澜漾动，多少遥远的人物和故事，都涵藏在其中，缥缈而神秘。

杜牧的《秋夕》，使我想起郭沫若的诗《天上的街市》，那也是儿时喜欢的诗篇：

> 远远的街灯明了，
>
> 好像闪着无数的明星。
>
> 天上的明星现了，
>
> 好像点着无数的街灯。
>
> 我想那缥缈的空中，
>
> 定然有美丽的街市。
>
> 街市上陈列的一些物品，
>
> 定然是世上没有的珍奇。
>
> 你看，那浅浅的天河，
>
> 定然是不甚宽广。
>
> 那隔河的牛郎织女，
>
> 定能够骑着牛儿来往。
>
> 我想他们此刻，
>
> 定然在天街闲游。
>
> 不信，请看那朵流星，
>
> 那怕是他们提着灯笼在走。

我曾想，郭沫若写这首诗时，应该也是在这样的夏夜，仰望着星空，他的心里，大概也会想起杜牧的诗吧。记得我模仿写过类似的诗，幻想自己变成一颗流星，划过夜空，在瞬间看到无数天上的景象。尽管写得幼稚，却是我和缪斯最初的亲近。

城中天籁

在城里住久了，有时感觉自己是笼中之鸟，天地如此狭窄，视线总是被冰冷的水泥墙阻断，耳畔的声音不外乎车笛和人声。走在街上，成为汹涌人流中的一滴水，成为喧嚣市声中的一个音符，脑海中那些清净的念头，一时失去了依存的所在。

我在城中寻找天籁。她像一个顽皮的孩童，在水泥的森林里和我捉迷藏。我听见她在喧嚣中发出幽远的微声：只要你用心寻找，静心倾听，我无处不在。我就在你周围无微不至地悄然成长着，蔓延着，你相信吗？

想起了陶渊明的诗句："结庐在人境，而无车马喧。问君何能尔？心远地自偏。"在人海中"结庐"，又能躲避车马喧嚣，可能吗？诗人自答："心远地自偏。"只要精神上远离了人间喧嚣倾轧，周围的环境自会变得清静。这首诗，接下来就是无人不晓的名句："采菊东篱下，悠然见南山。"我的住宅周围没有篱笆，也无菊可采，抬头所见，只有不远处的水泥颜色和邻人的窗户。

我书房门外走廊的东窗外，一缕绿荫在风中飘动。

我身居闹市，住在四层公寓的三楼，这是大半个世纪前建造的老房子。这里的四栋公寓从前曾被人称为"绿房子"，因为，这四栋楼房的墙面，被绿色的爬山虎覆盖，除了窗户，外墙上遍布绿色的藤蔓和枝叶。在灰色的水泥建筑群中，这几栋爬满青藤的小楼，就像一片青翠的树林凌空而起，让人感觉大自然还在这个人声喧嚣的都市里静静地成长。我当年选择搬来这里，很重要的原因就是因为这些爬山虎。

搬进这套公寓时，是初冬，墙面上的爬山虎早已褪尽绿色，只剩下无叶的藤蔓，蚯蚓般密布墙面。住在这里的第一个冬天，我一直心存担忧，这些枯萎的藤蔓，会不会从此不再泛青。我看不见自己窗外的墙面，只能观察对面房子墙上的藤蔓。整个冬天，这些藤蔓没有任何变化，在凌厉的寒风中，它们看上去已经没有生命的迹象了。

寒冬过去，风开始转暖，然而墙上的爬山虎藤蔓依然不见动静。每天早晨，我站在走廊里，用望远镜观察东窗对面墙上的藤蔓，希望能看到生命复苏的景象。终于，那些看似干枯的藤蔓开始发生变化，一些暗红色的芽苞，仿佛是一夜间长成，起初只是米粒大小，密密麻麻，每日见大，不到一个星期，芽苞便纷纷绽开，吐出淡绿色的嫩叶。僵卧了一冬的藤蔓，在春风里活过来，新生的绿色茎须在墙上爬动，它们不动声色地向上攀缘，小小的嫩叶日长夜大，犹如无数绿色的小手掌，在风中挥舞摇动，永不知疲倦。春天的脚步，就这样轰轰烈烈地在水泥墙面上奔逐行走。没有多少日子，墙上已是一片青绿。而我家里的那几扇东窗，成了名副其实的绿窗。窗框上，不时有绿得近乎透明的卷须和嫩叶探头探脑，日子久了，竟长成轻盈的窗帘，随风飘动。透过这绿帘望去，窗外的绿色层层叠叠，影影绰绰，变幻不定，心里的烦躁和不安仿佛都被悄然过滤。在我眼里，窗外那一片绿色，是青山，是碧水，是森林，是草原，是无边无际的田野。此时，很自然地想起陶渊明的诗，改几个字，正好表达我喜悦的心情："觅春东窗下，悠然见青山。"

有绿叶生长，必定有生灵来访。爬山虎的枝叶间，时常可以看到蝴蝶翩跹，能听到蜜蜂的嗡嗡欢鸣，蜻蜓晶莹的翅膀在叶梢闪烁，还有不知名的小甲虫，背着黑红相间的甲壳，不慌不忙在晃动的茎须上散步。也有壁虎悄悄出没，那银灰色的腹部在绿叶间一闪而过，犹如神秘的闪电。对这些自由生灵来说，这墙上绿荫，就是它们辽阔浩瀚的原野山林。

爬山虎其实和森林里的落叶乔木一样，一年四季经历着生命盛衰的轮回，也让我见识了生命的坚忍。爬山虎的叶柄处有脚爪，是这些小小的脚爪抓住了墙面，使藤蔓得以攀缘而上，用表情丰富的生命色彩彻底改变了僵硬冰冷的水泥墙。爬山虎的枝叶到底有多少色彩，我一时还说不清楚。春天的嫩红浅绿，夏日的青翠墨绿，让人赏心悦目。爬山虎也开花，初夏时分，浓绿的枝叶间出现点点金黄，有点像桂花。它们的香气，我闻不到，蝴蝶和蜜蜂们闻到了，所以它们结伴而来，在藤蔓间上上下下忙个不停。爬山虎的花开花落，没有一点张扬，都是在不知不觉之中。花开之后也结果，那是隐藏在绿叶间的小小浆果，呈奇异的蓝黑色。这些浆果，竟引来飞鸟啄食。麻雀、绣眼、白头翁、灰喜鹊，拍着翅膀从我窗前飞过，停栖在爬山虎的枝叶间，觅食那些小小的浆果。彩色的羽翼和欢快的鸣叫，掠过葳蕤的绿叶柔曼的藤须，在我的窗外融合成生命的交响诗。

秋风起时，爬山虎的枝叶由绿色变成橙红色，又渐渐转为金黄，这真是大自然奇妙的表演。秋日黄昏，金红的落霞映照着窗外的红叶，使我想起色彩斑斓的秋山秋林，也想起古人咏秋的诗句，尽管景象不同，但却有相似意境，"树树皆秋色，山山唯落晖"，"山明水净夜来霜，数树深红出浅黄"。

　　一天，一位对植物很有研究的朋友来看我。他看着窗外的绿荫，赞叹了一番，突然回头问我："你知道，爬山虎还有什么名字？"我茫然。朋友笑笑，自答道："它还有很多名字呢，常青藤，红丝草，爬墙虎，红葛，地锦，捆石龙，飞天蜈蚣，小虫儿卧草……"他滔滔不绝说出一长串名字，让我目瞪口呆，却也心生共鸣。这些名字，一定都是细心观察过爬山虎生长的人创造的。朋友细数了爬山虎的好处，它们是理想的垂直绿化，既能美化环境，调节空气，又能降低室温。它们还能吸收噪音，吸附飞扬的尘土。爬山虎对建筑物，没有任何伤害，只起保护作用。潮湿的天气，它们能吸去墙上的水分，干燥的时候，它们能为墙面保持湿度。朋友叹道："你的住所，能被这些常青藤覆盖，是福气啊。"

　　我从前曾在家里种过一些绿叶植物，譬如橡皮树、绿萝、龟背竹，却总是好景不长。也许是我浇水过了头，它们渐渐显出萎靡之态，先是根烂，然后枝叶开始枯黄。目睹着这些绿色的生命一日日衰弱，走向死亡，却无力挽救它们，实在是一件苦恼的事情。而窗外的爬山虎，无须我照顾，却长得蓬勃苗壮，热风冷雨，炎阳雷电，都无法破坏它们的自由成长。

　　爬山虎在我的窗外生长了五个春秋，我以为它们会一直蔓延在我的视野里，让我感受大自然无所不在的神奇。也曾想把我的"四步斋"改名为"青藤斋"。谁知这竟成为我的一个梦想。

　　那是一个盛夏的午后，风和日丽。我无意中发现，挂在我窗外的绿色藤蔓，似乎有点干枯，藤蔓上的绿叶蔫头蔫脑，失去了平日的光泽。窗子对面楼墙上那一大片绿色，也显得比平时黯淡。这是什么原因？我研究了半天，无法弄明白。第二天早晨，窗外的爬山虎依然没有恢复应有的生机。经过一天烈日的晒烤，到傍晚时，满墙的绿叶都呈萎缩之态。会不会是病虫之患？我仔细察看那些萎缩的叶瓣，没有发现被虫蛀咬的痕迹。第三天早晨起来，希望看到窗外有生命的奇迹出现，拉开窗帘，竟是满眼惨败之相。那些挂在窗台上的藤蔓，已经没有一点湿润的绿意，就像晾在风中的咸菜干。而墙面上的绿叶，都已经枯黄。这些生命力如此旺盛的植物，究竟遭遇了什么灾难？

我走出书房，到楼下查看，在墙沿的花坛里，看到了触目惊心的景象：碗口粗的爬山虎藤，竟被人用刀斧在根部齐齐切断！四栋公寓楼下的爬山虎，遭遇了相同的厄运。这样的行为，无异于一场残忍的谋杀。生长了几十年的青藤，可以抵挡大自然的风雨雷电，却无法抵挡人类的刀斧。后来我才知道，砍伐者的理由很简单，老公寓的外墙要粉刷，爬山虎妨碍施工。他们认为，新的粉墙，要比爬满青藤的绿墙美观。未经宣判，这些美妙的生命，便惨遭杀戮。

断了根的爬山虎还在墙上挣扎喘息。绿叶靠着藤中的汁液，在烈日下又坚持了几天，一周后，满墙绿叶都变成了枯叶。不久，枯叶落尽，只留下绝望的藤蔓，蚯蚓般密布墙面，如同神秘的天书，也像是抗议的符号。这些坚忍的藤蔓，至死都不愿意离弃水泥墙，直到粉墙的施工者用刀铲将它们铲除。

"绿房子"从此消失。这四栋公寓楼，改头换面，消失了灵气和个性，成了奶黄色的新建筑，混迹于周围的楼群中。也许是居民们的抗议，有人在楼下的花坛里补种了几株紫藤。也是柔韧的藤蔓，也是摇曳的绿叶和嫩须，一天天，沿着水泥墙向上攀爬……

紫藤，你们能代替死去的爬山虎吗？

早春消息

　　暖风徐来，冰雪消融，春意在大地上悄悄蔓延。春意最早在什么地方露头？苏东坡有名句"春江水暖鸭先知"，在河里游泳戏水的鸭子最先感知到温暖的春意。这其实是诗人的想象，苏东坡诗中没有具体描绘鸭子们如何感知春意，但就这么巧妙一点，已经可以让人联想春意如何不动声色地悄然而至。鸭子们在水中欢腾的模样，读者可以自己去想象，那一片被欢快的脚掌和翅膀搅动的春水，正带着春天的暖意，缓缓而来。苏东坡写早春景象，在他的词中也有佳句"东风有信无人见，露微意，柳际花边"，这几句词中，东风是早春信使，吹得柳绿花发。鸭戏春水，表现的是瞬间景象，而东风播春，却是一段较长的时空。诗人对春的观察，细致入微，从微观到宏观，从有形到无形。

　　在我的记忆中，古人描绘大自然最初春意的佳句，可以举出很多。李白的《宫中行乐词》中，有两句诗写得传神："寒雪梅中尽，春风柳上归。"寒冬的冰雪在梅花的幽香中消融，柳条在和煦春风中爆出了金黄嫩绿，这也是最早的春消息。同样的意境，在李白的诗中可以找到不少，如《早春寄王汉阳》中："闻道春还未相识，走傍寒梅访消息。"《落日忆山中》中："东风随春归，发我枝上花。"杜甫的《腊日》中，也有两句妙诗，和李白的诗意异曲同工："侵陵雪色还萱草，漏泄春光有柳条。"这样的早春诗意，李清照也感受到了："暖日晴风初破冻。柳眼梅腮，已觉春心动。"从绿和梅在暖风中的变化感觉"春心动"，是李清照的创造。宋人张耒的《春日》中有两句写得很生动："残雪暗随冰笋滴，新春偷向柳梢归。"在冰锥滴水融化中，看到冬天已悄悄过去；从柳梢的新绿中，发现春天已偷偷归来。同样的意境，也可以在宋人张栻《立春偶成》中看到："律回岁晚冰霜少，春到人间草木知。""春到人间草木知"和"春江水暖鸭先知"，属于相类的思路，"草木知"，也可以引动读者的丰富联想，春风中，草木复苏，大地泛出新绿。韩愈咏春，曾写道"草树知春不久归，百般红紫斗芳菲"，也是草树知春，不过却已经春深似海了。他这首诗题为《晚春》，所以会有万紫千红的景象。

韩愈的《春雪》，写的也是早春景色，却与众不同："新年都未有芳华，二月初惊见草芽。白雪却嫌春色晚，故穿庭树作飞花。"二月初，正是春之头，在刚刚解冻的田野里看到草芽，心生惊喜。对盼春心切的人来说，这一丝春色初露，实在不过瘾。于是，诗人笔锋一转，请来了白雪，这当然是春雪，是冬天的尾巴。雪花在已经萌动春芽的草木间飞舞，仿佛是在向诗人预示春花烂漫的盛景。

多年前我曾以"早春"为题写过一组短诗，每首六行，写这些诗时，眼前漾动着大自然的春意，心里也出现古人的诗句。去年在《光明日报》发表这组诗，引起很多读者的共鸣。其中有《芦芽》，描绘的是我当年下乡"插队落户"时的感受，每年初春，看到河边芦苇发芽，总是心生喜悦和希冀：

出土便是宣判冬天的末日，
尽管寒风仍在江边呼啸横行。

纤细的幼芽竟能冲破冻土，
地下搏动着何等强韧的春心。
不要再为自己的柔弱哀叹，
且看这遍野迎风而长的生命。

蛙鼓声声

儿时背诵的古诗中，有宋人赵师秀的《约客》："黄梅时节家家雨，青草池塘处处蛙。有约不来过夜半，闲敲棋子落灯花。"中国人熟悉这首诗的前面两句，因为诗人用最通俗明白的语言，描绘出乡村初夏最常见的景象，人人读了都会有共鸣。江南夏夜的蛙鸣，是美妙的天籁之声，记得童年到乡下，曾经被蛙声震惊。白天玩得疲劳，晚上倒头便入睡，夜间做梦竟到了战场上，只听见枪炮噼啪，金鼓齐鸣，震天动地的声音将我惊醒。醒来，那巨大的声音仍在我耳畔回响，一阵响似一阵，如万人擂鼓，轰鸣不绝，整个世界都被这声浪填满。这是青蛙的大合唱，是生命在天地间发出的奇妙呼喊。年轻时也曾在城乡交界处住过，初夏时也夜夜听到蛙鸣，现在回想依然觉得美妙。

古代的诗人当然不会忽略了这大地上的奇妙天籁。在我读到的古诗中，凡出现蛙鸣，大多是美妙的声音，如唐代贾弇的五绝《孟夏》："江南孟夏天，慈竹笋如编。蜃气为楼阁，蛙声作管弦。"吴融的《蛙声》："稚圭伦鉴未精通，只把蛙声鼓吹同。君听月明人静夜，肯饶天籁与松风。"周朴的《春中途中寄南巴崔使君》："旅人游汲汲，春气又融融。农事蛙声里，归程草色中。"来鹄的《清明日与友人游玉粒塘庄》："风急岭云飘迥野，雨余田水落方塘。不堪吟罢东回首，满耳蛙声正夕阳。"还有很多写到蛙鸣的诗句，读来都让人感觉余韵不绝，如"蛙鸣夜半寻荷塘，误作星辰友人灯""何处最添诗兴客，黄昏烟雨乱蛙声""昨夜蛙声染草塘，月影又敲窗"。

贾弁在诗中把蛙声比作"管弦"，虽然有想象力，但其实有点勉强。古人称蛙鸣为"蛙鼓"，那才是形象的比喻。宋人王胜之有佳作："蛙鼓鸣时月满川，断萤飞处草迷烟。敲门欲向田家宿，犹有青灯人未眠。"蛙声确实如擂鼓，而且常常是万鼓齐擂，颇有声势，难以想象是由这些小小的青蛙发出的声音。

写到蛙声的古诗，除了"黄梅时节家家雨，青草池塘处处蛙"，最脍炙人口的，大概是辛弃疾的《西江月·夜行黄沙道中》：

> 明月别枝惊鹊，清风半夜鸣蝉。稻花香里说丰年，听取蛙声一片。　　七八个星天外，两三点雨山前。旧时茅店社林边，路转溪桥忽见。

这是辛弃疾夜过江西上饶农村沿途的感受，在稼轩词中，这是写得很优美的一首。乡村的丰收景象，引发了诗人的好心情，这样愉悦的情绪，在他的作品中很难得。辛弃疾的词，更多的是苍凉，是蕴涵着凄楚的刚健，出现蛙声，未必都这样优美，他在《谒金门》中写到蛙声，就是完全不同的心情："流水高山弦断绝，怒蛙声自咽"，以万鼓齐擂般的蛙声表现这样的激昂悲愤，也很自然。

齐白石晚年曾以"蛙声十里出山泉"为题作画，是作家老舍为他出的题目，取自清人查慎行的诗句。这是一个难题，画笔如何描绘蛙声，而且是"蛙声十里"。白石老人不愧为大师，用很简洁巧妙的构思，完成了这个命题。他画了一条流动的山泉，水中只有几条活泼的小蝌蚪顺流而下，留给读者幽远阔大的想象空间。

已经很久没有听见蛙声了，此刻时值初夏，不知在江南的乡村之夜，是否还回荡着那响彻天地的蛙声？

春在溪头荠菜花

满眼不堪三月喜，举头已觉千山绿。

这是辛弃疾《满江红》中的两句词，把春三月的气象写得气韵十足。举头满眼春色，千峰万岭皆绿。以这样阔大的气势表现春色，体现了这位豪放派诗人的风格。不过，我更喜欢他另一阕写春光的《鹧鸪天》："陌上柔桑破嫩芽，东邻蚕种已生些。平冈细草鸣黄犊，斜日寒林点暮鸦。　山远近，路横斜，青旗沽酒有人家。城中桃李愁风雨，春在溪头荠菜花。"

这是一幅描绘春景的工笔画，有远景，有近景，有天籁声色，也有人间烟火。最让人读而难忘的，是最末一句："春在溪头荠菜花"。春天的脚步，就落在溪边那些不起眼的小小荠菜花上。在乡间，我见过河畔路边的荠菜花，那是米粒大小的白色野花，星星点点，可亲可近，它们在使我感受春色降临的同时，很自然地想起辛弃疾的这句词。古人写春天的诗词中，"春到溪头荠菜花"是最动人的词句之一，如此朴素平淡，却道出了春天铺天盖地而来的魅力。

韩愈的《早春呈水部张十八员外》，和辛弃疾的荠菜花有异曲同工之妙。韩愈诗中写的是春天的小草："天街小雨润如酥，草色遥看近却无。最是一年春好处，绝胜烟柳满皇都。"此诗中，最妙一句，是"草色遥看近却无"，春雨中，绿草悄然萌发细芽，远看一片青翠，近处却看不真切，若有似无，撩人遐想。韩愈认为，这样的乡野草色，远胜过京城烟柳。

古人咏春，注重自然细节的变化，辛弃疾的荠菜花，韩愈的草色，都是成功的范例。春风中，天地间万物复苏，到处是生命的歌唱，在古老的《诗经》中，已能听到诗人在春色中抒情："春日迟迟，卉木萋萋。仓庚喈喈，采蘩祁祁。"春日来临时，花木葳蕤，百鸟鸣唱，一派生机盎然。宋人姜夔游春，被麦田中的绿色陶醉："过春风十里，尽荠麦青青。"唐人李山甫咏春景，也写得有趣："有时三点两点雨，到处十枝五枝花。"这是清明时节的风景。朱熹的《春日》中有名句："等闲识得东风面，万紫千红总是春。"那是春深似海的景象了。

李贺也曾被春天的美景陶醉，他那首题为《南园》的七绝写得优美细腻："春水初生乳燕飞，黄蜂小尾扑花归。窗含远色通书幌，鱼拥香钩近石矶。"诗中写到春水、乳燕、蜜蜂、花、鱼，意象缤纷，春意灵动。

古人的咏春诗中，有不少写人和自然的交融，这又是另一番情韵。杜牧的《江南春》，可谓妇孺皆知："千里莺啼绿映红，水村山郭酒旗风。南朝四百八十寺，多少楼台烟雨中。"这首诗中，自然美色和人间风景在春日烟雨中融为一体，犹如一幅彩墨长卷。清人高鼎的《村居》，也是写春景，却是另一种风格的风情画："草长莺飞二月天，拂堤杨柳醉春烟。儿童散学归来早，忙趁东风放纸鸢。"青绿山水中，孩童在柳烟中奔跑，风筝在蓝天上飘飞，春天把生机和欢乐带到了人间。

为你打开一扇门

标题以"门"为喻，新颖别致；"为你"两字亲切真诚，给人以丰富的联想，激发了读者的阅读兴趣。

开篇点题，由"世界上有无数关闭着的门"谈起，生动地说明世界上有种种未知的领域。这样由"门"引出话题，为下文写文学这扇大门做铺垫，也增强了文章的吸引力。

世界上有无数关闭着的门。每一扇门里，都有一个你不了解的世界。求知和阅世的过程，就是打开这些门的过程。打开这些门，走进去，浏览新鲜的景物，探求未知的天地，这是一件激动人心的事情，也是一个乐趣无穷的过程。一个不想开门探寻的人，必定会是一个在精神上贫困衰弱的人，他只能在这些关闭的门外无聊地徘徊。当别人为自然和人世间奇妙的景象惊奇迷醉时，他却在沉睡。

世界上没有打不开的门。只要你愿意花时间，花工夫，只要你对门里的世界有着探索和了解的愿望，这些门一定会在你面前洞开，为你展现新奇美妙的风景。

在这些关闭着的门中，有一扇非常重要的大门，这扇门上写着两个字：文学。

文学是人类感情的最丰富最生动的表达，是人类历史的最形象的诠释。一个民族的文学，是这个民族的历史。一个时代的优秀文学作品，是这个时代的缩影，是这个时代的心声，是这个时代千姿百态的社会风俗画和人文风景线，是这个时代的精神和情感的结晶。优秀的文学作品中，传达着人类的憧憬和理想，凝集着人类美好的感情和灿烂的智慧。阅读优秀的文学作品，对了解历史、了解社会、了解自然、了解人生的意义，是一件大有裨益的事情。文学作品对人的影响，是潜移默化的。阅读文学作品，是一种文化的积累，是一种知识的积累，也是一种感情和智慧的积累。大量地阅读优秀的文学作品，不仅能增长人的知识，也能丰富人的感情。作为一个有文化有修养的现代文明人，如果对文学一无所知，那是不可想象的。有人说，一个从不阅读文学作品的人，纵然他有着硕士、博士或者更高的学位，他也只能是一个"高智商的野蛮人"。这并不是危言耸听。亲近文学，阅读优秀的文学作品，是一个文明人增长知识、提高修养、丰富情感的极为重要的途径。这已经成为很多人的共识。

我曾经写过一段文字，题目是《致文学》。这段文字，是我和文学的对话，表达了我对文学的一些想法。让我把这段文字引在这里，愿它们能引起青少年读者对文学的兴趣。

致文学

你是广袤的大地，是辽阔的天空；你是崇山峻岭，是江海湖泊。你用彩色的文

把优秀文学作品比作这个时代的"缩影""心声""社会风俗画""人文风景线"，以及"时代的精神和情感的结晶"，从多个侧面说明文学作品与民族历史、人文风情的密切关系。

"了解""积累"，反复运用，语言整齐有节奏，读起来朗朗上口，气势强劲有力量，充分表述了文学作品的意义和价值。

《致文学》独立成文，又承接上文，把文学世界的瑰丽和丰富完美地呈现在读者面前。

"致"有"致敬"的意思，可见作家对文学的敬重和热爱。

字，描绘出世界上可能存在的一切美妙景象。不管是壮阔雄奇的还是精微细致的，不管是缤纷热烈的还是深沉肃穆的，你都能有声有色地展现。你使很多足不出户的人在油墨的清香中游历了五光十色的境界。

你告诉人们，人生的色彩是何等丰富，人生的旅途又是何等曲折漫长。你把生活的帷幕一幕一幕地拉开，让无数不同的角色在人生的舞台上演出激动人心的喜剧和悲剧。你可以呼唤出千百年前的古人，请他们深情地讲述历史；也可以请出你最熟悉的同代人，叙述人人都可能经历的日常生活。你吐露的喜怒哀乐，使人开怀大笑，也使人热泪沾襟……

你是遥远的过去，是刚刚过去的昨天，也是无穷无尽的未来。你把时间凝聚在薄薄的书页之中，让读者无拘无束地漫游在岁月的长河里，尽情地观赏两岸变化无穷的风光。你是现实的回声，是梦想的折光，是平凡的客观天地和斑斓的理想世界奇异的交汇。

有时候，你展现漫长的历史；有时候，你只是描绘一个难忘的瞬间。如果你真实、真诚，如果你是真实人生的写照，是跌宕命运的画像，那么，人们在你面前发出情不自禁的感叹是多么自然的事情。

全文采用第二人称的写法，与文学女神亲切对话。从赵丽宏先生诗意的语言、生动的比喻、丰富的想象和深远的哲思中，可以感受到他对文学艺术的执着、陶醉和欣赏。

"文学是人类感情的最丰富最生动的表达，是人类历史的最形象的诠释。"

任何优秀的、能直击人心灵的文学作品，都是作者用心血和汗水，甚至是泪水写成的。

你是一双神奇的大手，拨动着无数人的心弦。你在人心中激起的回响，是这个世界上最激动的声音。人心是无边无际的海洋，这个海洋发出的声响，悠远而深沉，任何声音都无法模拟，无法遮掩。

你是一个真诚而忠实的朋友。你只是为热爱你的人们默默奉献，把他们引入辽阔美好的世界，让他们看到世界上最奇丽的风景，让他们懂得人生的真谛。只要愿意和你交朋友，你就会毫无保留地把心交给他们。你永远不会背叛热爱你的朋友，除非他们弃你而去。

你是一扇神奇的大门，所有愿意走进这扇大门的人，都不会空手而归。而对那些把你当作追名逐利的敲门砖的人，你会把门关得很紧。

再次把"文学"比作"门"，既是此文的总结，又与全文主题衔接——文学是一扇神奇的大门，亲近文学、阅读优秀的文学作品，是一个文明人增长知识、提高修养、丰富情感的重要途径。

心灵是一棵会开花的树

我说人的心灵是一棵树，你是不是觉得奇怪？

真的，心灵是一棵树，从你走进这个世界，从你走进茫茫人海，从你睁开蒙昧的眼睛那一刻开始，这棵树就已经悄悄地发芽、生根，悄悄地长出绿叶，伸展开枝丫，在你的心里形成一片只属于你自己的绿荫。难道你不相信？

你不知道，其实你已经无数次看见这样的花在你身边开放。

当你在万籁俱寂的夜间突然听到一曲为你而响起的美妙音乐……

当你在冰天雪地的世界中遇到一间为你而开门的小屋，屋里正燃烧着熊熊的炉火……

当你在十字路口彷徨徘徊、举棋不定，有人微笑着走过来给你善意的指引……

当你的身体因寒冷和孤寂而颤抖，有一双陌生而温暖的手轻轻地向你伸来……

当你发现有一双美丽的眼睛用清澈的目光默默凝视你……

我无法一一列举各种各样的"当你"，当你欢乐，当你迷茫，当你为世界的壮阔和奇丽发出惊奇的赞叹，当你被人间的真情和温馨深深地感动，当你面对世间残存的丑恶、冷漠和残暴忍不住愤怒呼喊……

当你的灵魂和感情受到震撼，受到感动，不管这种震撼和感动如闪电雷鸣般强烈，还是像微风一样轻轻从你心头掠过……

每逢这样的时刻，便是你观赏到心灵之花向你怒放的时刻。每当这样的时刻，你的心灵之树也在悄悄发芽，在长叶，在向辽阔的空间伸展自由的枝干。没有一个画家能用画笔描绘出这样的景象，没有一个诗人能用诗句表达这样的过程，这是一种无声无形的过程，但是它所引起的变化，却悠悠长长，绵延不尽，改变着你生命的历史，丰富着你人生的色调。

相信吗？你的心灵一定会开一次花，一定的。也许是粲然的一大片，也许只是孤零零的一朵；也许是举世无双的美丽奇葩，也许只是一朵毫不起眼的小花……你的心灵之花也许开得很长，常开不败；也许只是昙花一现，稍纵即逝的鲜艳……

谁也无法预报心灵之花开放的时辰，更无法向你描述它们怒放时的奇妙景象，但我可以告诉你，这样的花，每时每刻都在人间开放。当有人在向世界奉献爱心，这样的时刻，就是花开的时刻。

愿你的心灵悄悄地开花。

愿我们的世界是一个心花怒放的世界。

假如你想做一株腊梅

"果然"一词味道十足，充分地传递出朋友见到腊梅时的惊喜，还暗藏着作者对梅花的无限爱意：朋友，我说得没错吧，你一定也会喜欢这几株腊梅的！

用这样的倒装句开头，别开生面、吸人眼球！

一"飞"、一"飘"、一"流动"，把梅香动态化，作者用诗一般的语言，深情地描绘了寒风呼啸的季节里，那美丽高洁的腊梅，默默地传递着"春的气息"，带给人们以欣喜和生机。读这样的文字，使我们仿佛也置身于梅香沉醉的场景。

果然，你喜欢那几株腊梅了，我的来自南方的朋友。

你的歆羡的目光久久停留在我的书桌上，停留在那几株刚刚开始吐苞的腊梅上。你在惊异：那些看上去瘦削干枯的枝头，何以竟结满密匝匝的花骨朵儿？那些看上去透明的、娇弱无力的淡黄色小花，何以竟吐出如此高雅的清香？那清香不是静止的，它无声无息地在飞，在飘，在流动，像是有一位神奇的诗人，正幽幽地吟哦着一首无形无韵然而无比优美的诗。腊梅的清香弥漫在屋子里，使我小小的天地充满了春的气息，尽管窗外还是寒风呼啸、滴水成冰。我们都深深地陶醉在腊梅的风韵和幽香之中。你久久凝视着腊梅，突然扑哧一声笑起来。

"假如下一辈子要变成一种植物的话，我想做一株腊梅。你呢？"

你说着笑着就走了，却让我一阵好想。假如，你真的变成一株腊梅，那会怎么样呢？我默默地凝视着书桌上那几株腊梅，它们仿佛也在默默地看我。如果那流动的清香是它们的语言的话，那它们也许是在回答我了。

好，让我试着来翻译它们的语言，你听着——

假如你想做一株腊梅，假如你乐意成为我们当中的一员，那么你必须坚忍，必须顽强，必须敢于用赤裸裸的躯体去抗衡暴风雪。你能吗？

当北风在空旷寂寥的大地上呼啸肆虐，冰雪冷酷无情地封冻了一切扎根于泥土的植物的时候，当无数生命用消极的冬眠躲避严寒的时候，你却应该清醒着，应该毫无畏惧地伸展出光秃秃的枝干，并且要把毕生的心血都凝聚在这些光秃秃的枝干上，凝结成无数个小小的蓓蕾，一任寒风把它们摇撼，一任严霜把它们包裹，一任飞雪把它们覆盖……没有一星半瓣绿叶为你遮挡风寒！你能忍受这种煎熬吗？

假如你想做一株腊梅，你必须具备牺牲精神，必须毫无怨言地奉献出你的心血和生命的结晶。你能吗？

当你历尽千辛万苦，终于迎着风雪开放出你的小小的花朵，你一定无比珍惜这些美丽的生命之花。然而灾祸常常因此而来。为了在万物肃杀时你的一枝独秀的花朵，为了你的预报春天信息的清香，人们的刀斧和钢剪将会无情

111

地落到你的身上，你能承受这种牺牲吗？也许，当你带着刀剪的创痕进入人类的厅堂，在一只雪白的瓷瓶或者一只透明的玻璃瓶里默默完成你生命的最后乐章时，你会生出无穷的哀怨，尽管有许多人微笑着欣赏你，发出一声又一声由衷的赞叹。如果人们告诉你，奉献和给予是一种莫大的幸福，你是否赞同？

假如你想做一株腊梅，你必须忍受寂寞，必须习惯于长久地被人们淡忘冷落。你能吗？

请记住，在你的一生中，只有结蕾开花的那些日子你才被世界注目。即便是花儿盛开之时，你也是孤零零的，没有别的什么花卉愿意和你一起开放，甚至没有一簇绿叶陪伴你。当冰雪消融，当温暖的春风吹绿了世界，当万紫千红的花朵被水灵灵的绿叶扶衬着竞相开放，你的花儿早已谢落殆尽。这时候，人们便忘记了你，春之圆舞曲是不会为你奏响的。

我把做一株腊梅的幸与不幸、欢乐与痛苦都告诉你了。现在，请你告诉我，你，还想不想做一株腊梅。

哦，我的南方的朋友，我把腊梅向我透露的一切，都写在这里了。当你在和煦的暖风里读着它们，不知道你还会不会以留恋的心情，想起我书桌上那几株腊梅。此刻，北风正在敲打着我的窗户，而我的那几株腊梅，依然在那里默默地绽蕾，默默地吐着清幽的芬芳……

作者借梅花之口，历数腊梅凌霜傲雪时的辛苦，绽放花蕊时的艰险和百花盛开时的落寞。作者再三发问："你能吗？"知梅、惜梅、爱梅的情感一次比一次强烈。在句式上，与前面陈述句中的长句又共同构成错落有致的句群，使得文章的句式长短相间，富于变化。

角色在此段重新转换，腊梅依然在那里默默地绽蕾，默默地吐着清幽的芬芳，而读了此文的你我，是否对生命的意义有了新的认识和理解呢？

愿你的枝头长出真的叶子

一

记得有一位散文家说过：语言是什么？语言好比是叶子，点缀在你思想的枝头。假如没有这些绿盈盈的可爱的叶子，谁会对你那光秃秃的枝干发生兴趣？

说得好极了。散文的魅力，在很大程度上取决于文章的语言；枯涩的、干巴巴的乏味的语言，不可能组合成动人的篇章。真正的散文家，必须是驾驭文学语言的大师，他们的枝头，一定有着水灵灵的、生机勃勃的叶子，使人一看见眼睛就发亮。

我因此而产生了很多联想呢！读我所喜爱的大师们的散文时，我的眼前常常会出现一些树来：鲁迅——时而是一株参天古银杏，在灿然的夕照中悠然摇曳着茂密的绿叶；时而是一株枸骨，在严寒中凛然挺着不屈的利刺。朱自清——那是一株朴实而又优雅的梧桐，那些阔大的树叶在阳光下飘动时，使人感到可亲可近；当月亮升起以后，它们会变得无比美妙。陆蠡——一棵精巧的常春藤，那些柔弱美丽的叶子在幽暗中顽强地伸向阳光……泰戈尔——那是一株南国的菩提树，在那些我无法确切描绘形状的叶瓣下，隐蔽着神秘的果子。阿索林——一棵西班牙的丁香树，晚风里飘荡着那绿叶的清芬。卢森堡——一棵秋天的红枫，每一片红叶都像一团火，优美地燃烧……

也许你以为我想得玄乎，不信，你可以自己试一试。

二

我也因此而钻过牛角尖呢！我曾经以为华丽的语言便是一切，只要拥有丰富的词藻，只要善于驾驭语言，就可以写成美妙动人的散文。

我曾经苦苦地想着：怎样使我的叶子丰满起来，缤纷起来。我要变成一棵绿叶繁茂的大树！于是，我曾经有过一本又一本"描写辞典""佳句摘录"，有过雪片似的词汇卡片……

我的文字，也确乎华丽过一阵——写日出，可以用数十个形容词渲染朝霞的色彩；写月光，可以清泠泠地抖出一大堆晶莹的、闪光的词汇，而且博引古今，从李太白"举头望明月"，苏东坡"把酒问青天"，一直到贝多芬的《月光奏鸣曲》……这些华丽而又缤纷的文字，先后被我扔进了废纸篓，因为，没有人爱读它们，我自己，也无法被它们打动。年少的朋友说：太花俏了，没什么意思。年长的行家说：没有真情，没有你自己！

我的心里咯噔一下，就像有一阵强劲的秋风狠狠吹来，一下子扫落了我从许多树上摘来披在自己身上的叶子。哦，这些叶子，不是属于我的！我光秃秃了，只剩下几根可怜的枝干。

没有真情，没有你自己！年长的行家道出了我的症结。披一身花花绿绿的假叶子，怎么会不让人讨厌！

我只顾到处找叶子，竟忘记了自己的枝干！真的，属于我自己的叶子，只能从我自己的枝头长出来！用自己枝干中的水分、营养催动那些孕在枝头的嫩芽，让它们挣破羽壳，展开在阳光下，不管它们是圆圆的还是尖尖的，不管它们是阔大的还是细小的，它们总是有别于其他树叶，它们才是属于你自己的。正因为如此，它们才可能吸引世人的目光。当然，知音永远只是一部分人。

于是我努力地在自己的枝头培育自己的叶子。那些由我辛辛苦苦采撷来的、被秋风扫落的华美的叶子，并非一无所用，它们堆集在我的根部，变成了丰富的养料。我用我的逐渐发达的根须努力吸收它们，使它们融入我的躯干——终于有一点叶子，从我的枝头长出来了……

我继续写散文。我努力用自己的口吻倾吐我对生活，对人生的感受和思索，倾吐我的爱、我的恨，用我自己的语言描述我的所见所闻。怎么看，怎么想，就怎么说。似乎不如从前缤纷了，但这是真的叶子。

三

是的，只有那些表达着、蕴涵着真情的语言，才是真正的散文语言，只有用这样的语言才能组合成真正的好散文。

不要以为它们都是色彩缤纷，绝不是这样的。试想，假如每棵树上都一律长满花花绿绿的七色叶子，森林必将失去它的魅力。

谈到散文的语言时，巴乌斯托夫斯基曾经这样讲：

（普利希文的散文的）词藻开着花，发着光。它们时而像草叶一样簌簌低语，时而像泉水一样淙淙有声，时而像飞鸟一般啼啭，时而像最初的冰一样发出细碎的声音，也像星移一般，排成缓缓的行列，落在我们的记忆里。

单纯，比光辉、缤纷的色彩，孟加拉的晚霞，星空的灼烁，比那些好像强大的瀑布、像整个由树叶和花朵做成的尼亚加拉瀑布，皮上有光彩的热带植物，对内心的作用还要大……

四

很偶然地读到温·丘吉尔的《我与绘画的缘分》。这位叱咤风云的英国首相，居然也写过散文。他当然不在散文大家之列，可《我与绘画的缘分》却结结实实地抓住了我，我喜欢它，它不同一般。他的语言是明白晓畅的，接近于朴实无华，就像随随便便和朋友聊天，谈往事，谈他对绘画的热爱和理解。然而他的机智，他的敏锐，他的顽强不屈，甚至他的勃勃雄心，却可以从那些平平淡淡的语言里流出来，闪出来，蹦出来。如果用树作比喻的话，我不知道该把他比作什么树，正像我叫不出植物园里的许多树一样，这毫不足怪。然而它的叶子与众不同，有特点，有个性，我能在万木丛中一眼认出它来。而有许多写过不少散文的作家，我却无法在丛林中辨认它们。也许这就是所谓"性格的力量"吧。我们不妨学学丘吉尔，在追求散文语言的个性化上下一番功夫。

是的，光吐露真情还不够，必须尽可能充分地展现个性，有个性才能自成风格。我想，世界上有多少树，有多少形形色色的叶子，就应该有多少风格迥异的散文语言。只要长在坚实的枝头上，所有的叶子都会有它的动人之处。当白玉兰树以阔大的绿叶迎接着雨滴，为能发出古筝般的奇响而骄傲时，小小的黄杨也正用瓜子般的小圆叶托起雨滴，像捧着无数亮晶晶的珍珠；当香山的黄栌以火一般的红叶燃遍群山的时候，山脚下的银杏也正用金黄的叶瓣吸引游人的目光……

五

朋友，如果你写散文，你不妨翻开你的稿笺，观赏一下你自己的叶子，看看它们是不是真正属于你的。

愿你的枝头长出真的叶子来！

庐山雪

庐山雪

听说我想带着全家人去看冬天的庐山，南昌的朋友笑了。他说："冬天山上有雪，没有人。这不是旅游季节，你去干吗？"听他这么一说，我也笑了。我说："我就是想去看看庐山的雪，就是想在没有人的时候感受一下庐山的宁静。"

阳光普照大地。庐山脚下，是一派暖冬的景象，常青的乔木在阳光下摇动着生命的绿色。我们的汽车从向南的后山盘旋上山。看着从车窗外流泻进来的阳光，我不禁暗忖：这样的天气，在山上能看到雪吗？这念头刚在我的心头闪了一下，车窗外的景象就开始变化了。阳光突然消失，从渐渐稀疏的树枝空隙间露出的天空变得灰暗了，风也不知从什么地方跑出来，一阵紧似一阵，把山坡上的树林刮得哗哗作响。我正在惊讶天气的无常，眼帘中倏忽一亮：一簇积雪，在一块背阳的岩石上闪烁着晶莹的白光。还没等我表示诧异，白花花的雪色就从四面八方向我涌来。它们一丝丝、一片片、一团团、一簇簇，有的堆积在路边，有的撒落在松叶间，有的依附在树干上，有的凝结在岩石的缝隙中，这些星星点点的雪，竟也把寂静的山林装点成一个银装素裹的白雪世界。这雪虽然谈不上铺天盖地，但已经把先前在山脚下感受到的暖意驱散。山上和山下，是两个季节，两个天地。

车到山顶，呈现在我面前的是一个冰雕雪砌的世界。雪是前几天下的，但山上的雪不会化。山坡上，路上，到处是厚厚的积雪。高大的松树成了真正的雪松，它们披着银色的长袍，千姿百态地站立在路边，默默迎候着上山的人。庐山的别墅一栋栋隐没在白茫茫的雪色中。清一色的雪覆盖了原本多彩的房顶，帘子低垂的窗户紧闭着，没有一个烟囱在冒烟。那些记录着中国历史上一些重要事件的老房子，那些每年夏天都会风流一时的别墅，此刻都已进入冬眠状态，曾经发生在这些房子里的悲欢离合，仿佛也都被白茫茫的大雪淹没了。

南昌的朋友说得很对，冬天的庐山，有雪，无人。我们的汽车在结了冰的公路上无法再走，轮子在冰面上直打滑。我们下了车。儿子像一只欢乐的小兔子，大声呼喊着，奔跑着，在路边的一片雪地上清晰地踩出第一行脚印。夏天热闹得像大城市一样的牯岭街上，此刻只走着我们一家人。脚踩在雪地上，发出清脆的"嚓嚓"声，这轻微的声响，仿佛在寂静的空气中荡漾着无穷无尽的回声。这时，太阳突然从云层里露出脸来，灿烂的阳光照在雪地上，反射出耀眼的亮光，一阵微风掠过，树上的积雪纷纷扬扬飘落下来，抬头望去，漫天闪烁着晶莹剔透的雪花。看大雪在阳光里飘然纷飞，真是奇妙的景象。站在街边临崖的花园里放眼远眺，周围的每座峰巅上都有积雪，它们就像一群白发苍苍的老人，默默地凝视着云天，阳光在它们的头顶上反射出缤纷的光芒。俯瞰山谷，雪色渐淡，起伏的树冠在阳光下呈现出斑驳七色，其间也闪烁着星星点点的雪光，只是这雪色比山顶上要稀疏得多。环顾四周，我感受到了天地的辽阔，感受到了大自然的空旷和幽静。儿子对着山谷大声呼喊着，四面八方响起了悠远的回声……

阳光很快消失，天空复又变得灰暗。风大了一点，树上的雪花不断地被吹落下来，仿佛又下起雪来。我们驱车来到花径。在我的记忆里，花径，是庐山最热闹的风景点。白乐天当年流连忘返的赏花吟诗之地，似乎永远被兴致勃勃的人群包围着。现在，花径门口看不到一个人影，公园大门敞开，连门口卖票的人也不知躲到什么地方去了。那扇著名的石门两边，"花开山寺，咏留诗人"两行字已经被冰霜覆盖，门楣上"花径"两个字也被晶莹的雪花填满，呈现在我眼前的，是一扇肃穆的冰雪之门。从门洞中望进去，满目皆白，路、树、湖岸、花坛、亭台楼阁，全都被积雪笼罩着，夏日里花团锦簇、人流汹涌的花径，现在成了洁白清冷的冰雪世界。这形象，一扫花径原来留在我心中的艳丽繁杂的印象。

"为什么叫花径？"走在遍地霜雪的路上，儿子问我。

"因为这里到处是花。"我回答。

"花在哪里？"

我正要告诉儿子，只有夏天，才能在这里看到花。而儿子突然兴奋地大喊起来："看，花！"

我一惊，以为儿子找到了在冰雪中开放的腊梅。然而儿子却指着路边的松树，指着被霜雪覆盖的松枝。我这才注意到，这些松枝犹如一串串形状奇异的白色花束，它们的花瓣，是无数晶莹透亮的雪花和冰珠，它们紧密相挨，以出人意料的方式堆砌排列着，组合成一片雪白的花海。在风中，它们微微颤动，闪烁着晶莹的光芒。这一树接一树的冰雪之花，比我看到过的梨花、樱花更繁茂，更轰轰烈烈。大自然真是一位巧夺天工的雕塑家，用霜雪把平凡的松树装点成举世无双的晶莹之花。最奇妙的是，松树上那些无叶的枯枝，寒冷的北风刮过来的霜雪在它们向北的那一面堆砌起来，竟然堆起有一两寸厚，尽管薄薄的如同刀剑，却任凭风吹树动而不掉下来，牢牢地依附在树枝上。

儿子从树枝上剥下一段霜剑，在莹洁如玉的雪地上练起武功来，一不小心，滑倒在雪地上，喊声和笑声顿时飞越结了薄冰的湖面，在寂静中向四面八方扩散，空荡荡的花径中到处流动起欢乐的人声……

我到过庐山三次，都是在盛夏，记忆中这是一个人流汹涌的地方，游人的喧哗，掩盖了大自然的宁静。即便是在最幽静的山谷中，只要有名胜风景，就有慕名而来的游客，就有吵吵嚷嚷的人声。喧喧人迹使大自然变得面目全非。我想，庐山若是个有知觉、喜安谧的隐士，他一定会心烦的。消暑的游客们寻欢作乐的时光，正是他不胜烦恼的时刻。而此刻，这苍茫素净的天地间，好像只剩下我们几个人，陪伴我们的，只有洁净的白雪，只有沉默的群山，只有在云层和雪峰间出没的阳光，只有在丛林中悠闲踱步的微风。我面对着的，是一个挣脱了喧嚣和躁动不安的庐山，是一个"回归自然"的庐山。而使庐山得以"回归自然"的，是冬天，是寒冷，是铺天盖地的雪。人类怕热，也怕冷，怕热使人们云集在庐山，怕冷又使人们远离庐山。怕冷的人们啊，你们因此就和美妙的庐山雪景无缘了。

离开花径，又去了仙人洞。大概是向阳的关系，仙人洞前竟看不到多少雪，只有背阴的岩石缝隙中留有一些残雪。但也没有人，这个充满了人和神的传说的岩洞，现在像一个清静的道家圣地了。在洞口碰到一个年轻的道士，用惊奇的目光看着我们。从他的目光中可以得知，踏雪上山的人少得可怜。

本想在山上过夜，然而却找不到旅馆。所有的宾馆、招待所、小别墅都锁上了大门。风越来越大，天色也越来越暗，我们只能驱车下山，到九江去过夜。上山时走的是南山，下山我们想走前山。南昌的朋友说："前山恐怕不好走。"我问为什么，他答道："那是北山，冰雪太重。"我们全家都不理会他的看法，大家都想走一条新路下山，可以看到上山时没见识过的风景。南昌的朋友笑着说："那好，一起去见识一下吧。"没想到，车开到北山口，展现在眼前的竟是一幅冰天雪地的骇人景象。呼啸的北风卷起漫天雪花，公路上铺着厚厚的冰雪，迷蒙的雪雾中，根本看不清下山的路。汽车还没开出山门，轮子已经在路面上打滑。在这样的路上下山，简直是拿性命开玩笑了。在这样的风雪中，恐怕不再会有审美的雅兴，只有担忧和恐惧了。再也没有谁表示异议，汽车掉头，让风雪背对我们，然后再走原路下山。

南山，是另外一种温和的表情。没有风，路上的冰雪也已经融化。离开山顶后，雪越来越少，天色也显得亮起来。车到半山时，居然看到一缕斜阳照在山坡上，树上的霜雪化成了水滴，无声地往下滴落着……这时，想到大山另外一边的风雪，仿佛到了另一个世界。在南北这两个不同的世界之间，一座幽静的、晶莹的庐山，美好地留在了我的记忆里。

岱山之夜

风中带着海的气息，清凉，湿润，有点鱼的腥味。

背后是海，星空之下，海面微波起伏，荧光闪动。岸畔的渔船，远处的岛影，全都影影绰绰，神秘，飘忽，梦幻一般。渔船桅杆如林，像幽暗中伸向空中的无数手臂，密集而安静，举着闪烁的灯，举着满天星光，似在探寻，又似在祈望。

渔船静静停泊着。渔民们却在夜色中欢腾。明天，是渔民的"歇渔节"，歇渔之后，渔船进港，渔人休息，海里的鱼儿虾儿，也可以不受侵扰地繁衍生息，过一段和平舒心的日子。

我的眼前，是一条灯光灿烂的大道，衣着缤纷的人们围集在道路两旁，笑语喧哗。大道中间空无一人，路面反射着灯光，像一个长长的舞台，静候着舞者登场。岱山人把在街上的表演叫作"踩街"，表演者大多是渔家儿女，他们将在街上尽兴歌舞，在人们的注视下慢慢走过，路旁观者也会跟着他们的节拍亦歌亦舞。这条大道，会流成一条欢腾之河。

咚咚咚咚……鼓声冲天而起，一群彪悍的渔民擂着大鼓走过来，那些撒渔网、拉缆绳的手，那些操纵风帆、搏击惊涛的手，此刻紧握鼓槌，把鼓擂得惊天动地。他们看上去都瘦而精悍，裸露的手臂上肌肉鼓动，可以感觉热血在急速流动。他们古铜色的脸膛上，洋溢着欢跃的激情。这些惯于在海上搏击风浪的汉子，今夜为什么而激动？鼓点骤雨般落下来，此起彼伏，山呼海啸，把夜的安静彻底驱逐。这鼓声，把渔港擂得沸腾了。鼓声是一个开场，鼓的节奏，引出了渔家的歌舞。

渔家女走过来，且歌且舞，唱的是本地悠扬的曲调，跳的是自编的活泼舞蹈，手中的彩扇舞动，如浪起伏，也如风飞扬。传说中的渔女日子艰辛，男人出海，在海上搏击风浪，她们守在家中担惊受怕，海滩上，有多少含泪的"望夫石"，望穿秋水，却永无回音。大海哺育生灵，为渔民提供生息，却也常常翻脸无情。有人说，大海咆哮，吞噬渔船，是海神发怒。海神为何发怒？这是一个永远没有答案的问题。也许，是人类向大海索取过多，却不思回报；也许，是海洋被贪婪的捕捞者搅得不胜其烦……现在，人们终于懂得了张弛之道，要向大海索取，也要让大海休息。我相信，渔家女们最欢迎这休渔的季节，和亲人团聚在一起，在海边观潮听涛，欢跃发自内心。此刻，在大街上，在众人的注目中，她们笑颜灿烂，舞姿奔放，夜风里响彻她们的歌声和脚步声……

彩灯晃动，晃出一群鱼虾和螃蟹，黄鱼、带鱼、鲳鱼、鱿鱼、乌贼、梭子蟹、大对虾……今晚，最快乐的，也许是这些海里的生灵。它们幻化成这些彩色的灯笼，举在渔民的手中，优美地舞蹈在成千上万观者的视野里。在捕鱼的季节，它们的日子是无法安宁的，机声响起，渔网围拢，它们的生命尽头就可能随之来临。那些网眼如豆的细孔渔网，可以将它们几代的生命一网打尽，永无复生的机会。它们的生和死，取决于海神的旨意，还是决定于人类的追捕？这也是没有答案的问题。大海茫茫，它们的家乡远比人类的家园浩瀚阔大，只要奉献些许，就可以满足人类之需。但人类的无情和贪欲，竟使它们无时无刻不在面临死神的召唤。现在，人类要休渔，要给海洋休养生息的时间，这些曾经担惊受怕的海中生灵，今夜的欢乐应该是由衷而自然的吧。

一群少女走过来，举着荷叶莲花，优雅的乐声里，绿荷红莲，映衬着少女们的青春脸庞。围观的人群静下来，停止了喧哗，停止了东张西望，浮游的目光，因为眼前的景象而沉静。看吧，少女们在欢腾喧嚣的人海中，静静地变成了一片优美的荷花池……

然而这欢乐之夜的沉静只是一个短短瞬间。踩街的人们一群群一队队走过去，花样出新，高潮迭起，歌声和脚步声在大道上回旋不尽。最后走过来的，是一群老渔民。

他们穿着鲜艳的中国服装，赤橙黄绿青蓝紫，七色纷呈。鲜亮的服装，衬托着他们饱经风霜的古铜色脸庞。他们是大声地吼唱着走过来的。我听不懂他们唱的歌词，但能感受他们的激情，他们的歌声里，有在海上搏击风浪的勇敢豪迈，也有往昔的惆怅和悲苦，更有对新生活的美好期冀。清凉的海风，因为他们的歌声而变得雄浑悠远，天地间到处是渔家人发自肺腑的深沉回音……

曲尽人散，临海的街道上人们渐渐散去。渔港，恢复了它宁静安谧的面貌。只有停泊在岸畔的渔船，仍然举着森林般的桅杆，举着一天闪烁的星光……

江南片段

江南好，
风景旧曾谙。
日出江花红胜火，
春来江水绿如蓝，
能不忆江南。

唐·白居易

江南的水

很多年前写过一篇文章，题目就叫《水做的江南》。在我的印象里，江南是水做的。

江南到处是水，池塘沟渠，溪涧流泉，江河湖泊……登高四望，如明镜般闪烁的，是水，如玉带般蜿蜒的，是水，如珍珠般滚动的，是水。多雨时节，江南就在雨的帘幕笼罩之下。绵长的雨丝把天和地连成一体，把江南织成一个水的世界……

江南是流动的水，是翡翠一样清碧的流水，是茶晶一般透明的流水，是云烟一样飘逸的水。这样的水，可以栽莲养荷蓄蛙鼓，可以濯足泛舟消春愁。这样的水，可以泡龙井茶，可以沏碧螺春，也可以酿酒，酿清冽甘甜的米酒，酿芬芳醇厚的加饭、花

129

雕、女儿红……

　　要说江南之水的清丽柔美，当然首推杭州西湖。被逶迤的小山环抱着的西湖，是一位性情柔和的南国美人。她的表情永远是那么温婉平和，或者面含微笑，明眸流盼，或者凝神遐思，目光沉静，或者愁容半掩，视野朦胧……西湖最美的时辰，当然是春天和秋日。春必须是初春，有雨有雾，湖光山色隐约在雨雾里，使人一时看不清她的真面目，而那种迷蒙空灵的景象，活脱脱就是写意的中国水墨画。这样的画面，很自然地会叫人联想起宋人赵芾和夏圭描绘西湖烟雨的画。当然，还有名垂画史的宋代"米氏云山"，大书画家米芾和他的儿子，那位自称"戏墨"的米友仁，他们父子俩的山水写意画把烟雨迷蒙的湖山描绘得出神入化，使后人叹为观止。我想，米氏父子，当年一定常常在初春的雨中泛舟西湖，是千变万化的江南山水给了他们创作的灵感。不过，和变幻莫测的江南春色相比，画家的笔墨永远会显得贫乏。被画家用墨彩留在画纸上的，只是江南万千姿态的一二种。雨中的西湖美妙，晴天的西湖同样迷人。当娇艳的春日冲破云雾的阻挡，突然照到西湖上时，湖面上闪动着万点金鳞，湖光又反照到天上，把周围的群山辉映得一片灿烂。这时，倘若你正泛舟在湖中，从湖面蒸腾出的水汽氤氲飘升，明晃晃的湖光山色便全都在这无形的水汽中飘摇颤动起来，金色的阳光，翠绿的山林，缤纷的花卉，湖上泛动的小船，以及在苏堤、白堤和湖岸走动的游人，全在这氤氲水汽中晶莹透明地融为一体。秋日的西湖，最佳时刻是在深秋。湖上的暑气此时已散尽，湖周围青翠明丽的色彩开始显得深沉，翠绿的水杉变成了墨绿，倒映在湖面上的杨柳和梧桐的绿色浓荫变成了金黄和橙红。随风飘落的树叶犹如金色蝴蝶，在空中翩翩起舞，它们停落到湖上，便在水面弄出许多细微

的涟漪。湖里的荷花早已花谢叶败，枯黄的荷叶以各种各样的姿态残留在水面上，使人情不自禁想到"留得枯荷听雨声"这样的古诗。千百年过去，人间世事沧桑，今非昔比。然而将眼光凝视西湖，凝视江南的山水，却依旧能体会浪漫的古人面对自然时涌动的诗情。在杭州生活多年的苏东坡，写出"欲把西湖比西子，淡妆浓抹总相宜"这样的诗，实在是有感而发。

西湖的水，有时候总感觉是太静了一点，太安分了一点。这时，便会想起九溪十八涧那些清澈活泼的流水。在江南，有多少这样的活水，谁能计算呢？从江南的山野和田园里走来的人，几乎人人都能向你描绘出几处你从未听说过的清泉和溪流。不过，如果把江南的水都想成西湖这样的静水，或者是九溪十八涧这样的细弱之水，那也是错。江南的水，也有雄浑壮阔的气象。我在无锡太湖边住过不少日子，太湖的万顷波涛，常常使我想起浩瀚的海。碰到有风的日子，湖面翻涌起万顷波涛，涛声阵阵犹如浑厚的鼓号，让闻者顿生豪气，心中的慵困和委顿被荡涤得干干净净。如果这样的水还嫌气势不够，那好，还有更壮观的。到农历八月十八日，到海宁看"钱塘潮"去。那汹涌而来的大潮排山倒海，惊天动地，咆哮的浪涛崩云裂石，可以让胆怯者魂飞魄散，也可以让豪爽者心旷神怡。这潮水，不仅在江南，就是在中国，在世界，也是罕见的奇观。看过这样的潮水，有谁还会说江南的水都是柔弱之流呢。

水，是江南的血脉，没有这些晶莹灵动、雄浑博大的水，也就没有了江南。

关于桥

和水连在一起的，是桥。江南是水的世界，自然也是桥的世界，如果没有桥，江南就成了一片被流水分割成碎片的土地。是桥把这些被分隔开的土地连成一个整体。在江南，有不少城镇被人们称为"桥乡"，因为，在这些城镇，目之所及，到处是桥。桥，凝结着江南人的智慧。

在江南的乡间，从前有很多木桥。这些木桥，大多结构简单，桩柱，桥梁，都是未经雕凿的原木，桥面或者是木板，或者是拳头粗的枝条。然而就是这些简单的桥，江南的人们可以把它们造得千姿百态，没有一座重复。记得小时候去乡下，见过一座小巧的木桥，长不过四五米，桥栏杆是用一些圆木棍搭成的，这些圆木棍似乎是很随意地排列着，却拼出了精美的图案。桥头有一个木头的凉亭，凉亭的廊柱和围栏被过桥人的手抚摸得油光闪亮，亭子的屋檐下，镶嵌着一条条雕花板，那上面雕刻的花纹我至今还记得，梅兰竹菊，还有在花丛里扑蝶的小孩。我喜欢走这座桥，走在桥上，桥面在脚下微微晃荡，仿佛能感觉到流水的波动。在算不上风景名胜之地的乡间，人们会想到修建这样既实用又有审美价值的木桥，实在很难得。要知道，那时，农民非常穷，在贫穷的状态中依然能保持这样的雅兴，依然不忘记追求艺术和美，这大概是值得骄傲的事情。如果没有进取之心，没有对生活的憧憬和希望，绝不可能这样。这样的木桥，大概很难保存到现在了，岁月的风雨会毁了它们。

江南的桥，更多的是石桥。它们才是长寿的。我喜欢看那些古老的石桥，它们给人的印象，是刚劲有力。江南的石桥，把粗犷和精巧，奇妙地结合在一起。造桥的石头往往都没有经过磨砺，还保持着它们从山中被开采出来时的模样，质朴而粗犷。由它们组合成的石桥却是千姿百态。有时候，简洁的几根石条，便搭成了一座简易的桥；有时候，石块和石条组合成造型繁复的拱桥，桥身高高拱起，桥下是可以行船的圆形桥洞。这些桥，和威尼斯的那些拱桥有些相似，桥上行人，桥下过船，但建筑的风格却完全不同。陈逸飞在他的油画中画了江苏周庄的两座石桥，油画由美国的大收藏家哈默收藏，又转赠给邓小平，此事件成为热点新闻，频频出现在电视、报纸和众多的杂志上。周庄和周庄的石桥也因此名扬天下。一些对中国知之甚少的外国人甚至把这桥看成了中国江南的象征。我去过周庄，被陈逸飞画过的双桥，确实是两座很别致的石桥。不过，在我的印象中，类似的石桥，在江南多得是。在苏州和无锡，在上海郊区的一些古镇上，我见过不少类似的桥。上海青浦的练塘镇上，就有好几座这样的石拱桥，其中最古老的，据说建造于明代。几个世纪来，古镇变化极大，旧屋倒塌，新楼矗立，然而这些石桥却依然如故，它们横跨在流动的水面上，数百年巍然不动。岁月的风雨，一代又一代人的手和脚，磨平了石头上的斧凿之痕。走在这样的桥上，感到现实和历史之间遥远的距离一下子缩得非常短。站在石桥上，看一只载着鱼鹰的小舟从桥下悠然滑过，那感觉仿佛是又回到了唐诗宋词的意境中。

二十多年前，我曾在江苏宜兴的蜀山镇客居多时，镇上有一座很大的石拱桥。高高的桥面上行人熙熙攘攘，小贩在桥上摆摊卖水果蔬菜日用百货，桥下船只来来往往，桥上的行人和桥下的船工高声应和互相打着招呼……这景象，很像是《清明上河图》中的那座大桥。走在这样的桥上，挤在杂色的人群中，我会突然

觉得自己成了《清明上河图》中的人物。

桥使古老的历史得以延续，使祖先们当年生活的景象不再遥远隔膜。

然而，现代人的生活毕竟和古人的生活大不相同了。宽阔的水泥道就像不断扩张的蛛网，在江南的乡村伸展蔓延，纵横交错。造路就要建桥，连接这些水泥大道的，再也不可能是当年那些木桥和石桥，而是水泥桥，大大小小的汽车可以像蜘蛛一样从桥上爬过去。这些水泥桥，长是长了，宽也宽了，但是它们不会使人产生什么奇妙的联想，它们再也没有古老的木桥和石桥的那种悠长的韵味。当我坐在疾驰的汽车里，从这些桥上呼啸而过时，一面享受着它们提供的便利，一面却在怀念古老的木桥和石桥。这是多么矛盾而又无奈的事情。

江南的花

说过江南的水，也想说说江南的花。

江南是一个大花园。从春天的桃李海棠，夏日的莲荷蕙兰，到秋天的桂花菊花，江南的花数不尽，描绘不完，用多少文字也写不全它们的形态、色彩和芬芳。不过，在我的记忆中，江南最美妙的花并不是这些可以入画入诗的、带着不少文气和雅味的名花奇葩。很多年前，我客居在太湖畔的一个小村庄，春天降临大地时，我常常一个人踯躅在田野中，漫无目标地走来走去。我记得河岸和小路两边的那些野花，它们犹如散落在青草中的珍珠，闪烁着晶莹的亮光。这都是一些很小的花，大的不过指甲那么一点，小的就像绿豆米粒。它们的色彩也很普通，没有大红大紫的彩色，不是几点雪白，就是几簇淡黄，再不，就是几星细微的雪青。这些野花，我几乎都叫不出它们的名字，也记不清它们的形状，但它们一路清新着我的视线，愉悦着我的心情，使我被一阵又一阵莫名的清香包围着。这样的景象，使我想起古人的诗句："一路野花开似雪，但闻香气不知名。"写这两句诗的是清代诗人吴嵩梁，我想，当年，他一定也有过和我一样的经历，独自一人在江南的田野里踏青，流连忘返，惊异于路边无名野花的烂漫和清新。

在我的记忆中，给人美感最多的江南之花，是两种最普通最常见的花：油菜花和芦花。

油菜花在春天开花。那是一些骨朵极小的金黄色小花，花瓣犹如婴儿的指甲般大小，如果一朵两朵地看，它们是花世界中毫不起眼的小可怜。然而没有人会记得它们一朵两朵的形状，在世人的眼里，它们是一个气势浩然的盛大家族，这些小花，不开则已，若开，便是轰轰烈烈的一大片，就像从地下冒出的金色湖泊，波澜起伏，辉映天地。在我的印象里，在自然界中，没有哪一片色彩比盛开的油菜花更辉煌，更耀眼。如果是在阴郁的时刻，面对着一大片盛开的油菜花，就像面对着耀眼夺目的阳光，你的心情会豁然开朗。油菜花的香气也很特别，这是一种浓烈的清香，像是刚开坛的酒，说这香气醉人，一点也不夸张。油菜花，用它们旺盛的气势和明亮的色泽向人们展示着灿烂的生命之光。

芦花在很多人心目中不算什么花。当秋风呼啸，黄叶飘零，江南的大地开始弥漫萧瑟之气时，芦花悄悄地开了。它们曾经是河岸或者湖畔的野草，没有人播种栽培，它们却长得葳蕤旺盛，铺展成生机勃勃的青纱帐，没有人会把它们和娇嫩的花连在一起。然而就在花儿们无可奈何纷纷凋谢时，它们却迎着凛冽的风昂然怒放。那银色的花朵仿佛是一片飘动的积雪，纯洁，高雅，洋溢着朝气，没有一点媚骨和俗态。在我的故乡崇明岛，芦苇是最常见的植物。沿江的滩涂上，高大的江芦蓬蓬勃勃，一望无际。深秋时，芦花盛开，展现在人们眼前的是一片银色的海洋，它们和浩浩荡荡的长江波澜交相辉映，连成一个浩渺壮阔的整体。走在江边，听着深沉的江涛，被雪浪般的芦花簇拥着，神清气爽，心中的烦乱一扫而尽。前年秋天，我回故乡去。在江岸上散步时，我采了一大把芦花。听说我要把它们插在花瓶里，有人笑道：这样的东西，只配扎扫帚，怎么能插花瓶呢？我还是把家乡的芦花插到了花瓶里。我觉得它们胜过那些色彩艳丽却柔嫩短命的花，它们不会凋谢，也不会枯萎，用纯洁的银色，带给我清新的乡野之气，也向我描绘着生命的活力。凝视着它们，我的眼前会流过汹涌的江水，会涌起雪一般月光一般的遍地芦花，遥远的青春岁月，就悄悄地又回到了眼前……

好久不写诗了，却忍不住为这些芦花写出一首诗来：

> 凝视着永恒的流水
> 也曾有翠绿的春心荡漾
> 却总是匆匆又白了头
> 白了头，描绘一派秋光

> 银色的表情并不衰老

风中摇曳着深情的向往

所有的期冀都在天空飘扬

却不是无根的游荡

刀来吧，火来吧

哪怕一夜间消失了我的形象

却无法灭绝我地下的埋藏

只要水还在流风还在吹

地下的心就会发芽长叶

春雨里又会是一地葱茏的绿意

秋风里又会是漫天洁净的银霜

花的风骨

　　说起花的风骨，人们都要说梅花。在江南，也处处有梅花。梅花开在严寒之时，使无花的冬天提前有了春意。少年时代，在上海郊区的一所寄宿中学念书，学校附近有一个小花园，花园里有一片小小的梅林。冬春之交时，梅花盛开，我和几个同学经常相约去看梅花。这时，天气已经不怎么冷，看不到冰雪，风中已有几分湿润的春意。记忆中那一小片梅林是湖畔的一朵温柔的红云。它们并没有使我联想起什么傲雪斗霜的铮铮风骨，那一片红云，只是春天来临的象征。在我的心里，梅花不是一种能使人产生新鲜感的花。从古到今，不知有多少墨客骚人将梅花作为舞文弄墨抒发情怀的对象。读中学时，我也背诵过不少吟咏梅花的诗句。诗句很美，很有韵味，但是诗里的梅花和生活中的梅花并不是一回事。当年在崇明岛上"插队落户"时，我也在农民的灶墙上画过梅花，先画枯焦的枝干，再描粉红的花朵，然后在一边题"风雨送春归，飞雪迎春到"，这是当时人人都会背诵的诗词。有时，也忍不住题几句旧诗，譬如"梅破知春近"，或者"遥知不是雪，为有暗香来"……关于梅花的诗句是题写不尽的。我佩服古人，竟能在梅花身上发现那么多诗意和哲理。后人要想在梅花身上发现什么新的意韵，实在是难上加难了。

在江南，还有什么花像梅花那样，也能预报春天的来临呢？那大概总是有的。很多年前在崇明岛上，我曾在一片荒凉的海滩上认识一种奇妙的小花，至今无法忘怀。那时，我在崇明岛临海的东端上参加围垦。在海滩上用泥土垒起一条长堤，挡住海水，被长堤圈住的海滩便成了农田。人的奋斗，使大自然千万年才形成的沧海桑田变成了几个昼夜之间的事情。然而这些新围出来的农田却无法耕种，播下粮种，常常是颗粒无收。为什么？因为被围垦的海滩是盐碱地，不适宜种庄稼。连生命力极强的芦苇在那里也无法生存。于是人们便在这些盐碱地里放入淡水，水可以冲淡田里的盐分，又可以养鱼，一举两得。我被留在海边守鱼塘，度过了寂寞的一年。面对着荒芜的盐碱滩，难免联想起那些艰难孤独的人生，也难免顾影自怜。在大地的同一纬度上，只要春天一到，江南的大地上便花红柳绿，生命繁衍得轰轰烈烈，而这里，光秃秃的土地上只有白森森的盐花。寒冬尚未结束，但也已进入尾声。有一天，我发现盐碱滩上星星点点长出一些绿色的嫩芽。它们的叶瓣细小，却翠碧清秀，令人欣喜。海滩上寒风呼啸，这些翠绿的嫩芽似乎毫不在乎，迎着凛冽的风一点点伸展蔓延，没有什么力量能阻止它们的成长。有时候，从海上卷来的风猛烈得能把树连根拔起，能将屋顶整个掀掉，然而对这些贴地而生的绿草，它们显得无可奈何。这些扎根在盐碱地里，冒着严寒生长的植物，引起我极大的兴趣。我看着它们一天天大起来，高起来，长成了一蓬蓬小灌木似的绿球。它们为荒凉的盐碱滩铺上了一层斑驳的绿地毯。当地的农民告诉我，这是一种只在盐碱地上生长的野草，叫盐碱草。初春时，寒意未消，大概就是梅花开放的时节，盐碱草也开花了。这是一些淡紫色的小花，它们的蓓蕾小如米粒，乍开时并不显眼，要留心看才能发现。可是，等到所有的蓓蕾一起怒放时，盐碱滩上便出现了美妙的景象，只见一片片雪青的轻云，在风中飘摇。这时，风依然刺骨，盐碱滩上白花花的盐渍仍在，而笼罩大地的荒凉却已经不复存在，是这些活泼动人的小花驱逐了荒凉。这些小花，还引来了成群的蜜蜂。蜜蜂欢叫着在花丛中飞舞的情景，使我感动，我在当时的日记中这样感叹："世界上，有什么花比这些盐碱花更坚强更美丽呢？若论坚强，它们不会输给冰山上的雪莲，也不亚于在肥沃的土地上报春的梅花。它们是有着独特风骨的花。"我曾经采下一束盐碱花，养在一个杯子里。在一间简陋的茅屋中，那束盐碱花使我感受到了生命的无穷魅力，它们向我展现了江南万花争艳的春天。我想，只要春天如期降临人间，花是不会灭绝的，即便是在最贫瘠的土地上。

柔和刚

还是在很年轻的时候，有一年，和几位朋友在杭州春游。坐在西子湖边，面对着桃红柳绿，湖光山影，聆听着莺语燕歌，风叹浪吟，喝着清芬沁人的龙井茶，大家都有些醺醺然。江南的明丽和秀美，使人沉醉。这种沉醉，似乎能让人昏然欲睡，让人在温柔和妩媚的拥抱之中飘然成仙。这样的感觉，应了古人的诗：

暖风熏得游人醉。朋友中有人下结论道：江南景色之妙，在于一个"柔"字。当时我并没有想到反驳这样的结论，很多年过去，回想起来，这样的结论大概站不住脚。

离杭州不远，还有一个很典型的江南古城绍兴。如果说江南的城市，都给人一种柔美的印象，那绍兴则完全不同。说起绍兴，我的心里很自然地会涌起一种刚劲豪迈的气概。那里，是我们的一位坚毅勇敢的先祖大禹的故乡，是卧薪尝胆的越王勾践的故乡，也是现代女杰秋瑾和文豪鲁迅的故乡，这些在中国历史上最有风骨的人物，都裹挟着勃勃英气，无法和一个"柔"字连在一起。然而绍兴的阳刚之气，并不是全由这些历史人物带来，走在这个新旧交织的城市里，我处处感到雄健的阳刚之气。

绍兴是一个由石头构筑的城市。古老的城墙是石砖砌成的，老城的路是石板铺成的，运河里的古纤道是石头架成的，而更多的是大大小小的石桥，千姿百态地架在密如蛛网的河道上。在这些铺路架桥造房子的石头上，用钢凿刻画出的无数粗犷有力的线条，岁月的流水和风沙无法磨平它们。这些石头，以及石头上的线条，使我感觉到一种厚重的力量，这种力量，和江南的柔风细雨完全是两回事。我曾经想，这么多石头，从什么地方来？后来游览了绍兴城外的东湖和柯岩，方才知道其中的秘密。东湖在峻岭绝壁之下，湖水波平如镜。坐船在湖中仰望，但见千仞危崖从天上压下来，那情景真是惊心动魄。这湖畔绝壁陡直险峻，犹如刀劈斧削，而临壁的东湖虽不宽阔，却深不可测。这山，这湖，似有威力巨大的鬼斧神工劈凿而成。后来我才知道，这里原来是古代的采石场，是石工的斧凿劈出了东湖畔的万丈绝壁，挖出了绝壁畔这一泓幽深的湖。人的劳动竟能造成如此壮观的景象，这是何等伟大的力量。柯岩也是绍兴的采石场，石工们削平了高山，又向地下挖掘。我见过石工们在深坑中采石，斧凿清脆的叮当之声和石工们高亢的吆喝之声交织在一起，从地底下盘旋而上，直冲云霄。这是我听见过的最激动人心的声音，这声音似乎是积蓄了千百年的痛苦和忧愤，埋藏了无数个春秋的憧憬和向往，猛然从人的内心深处迸发出来，挟带着金属和岩石的撞击，高飞远走，震撼天地。在柯岩听到这样的声音，印象中柔弱的江南就完全改变了形象。在柯岩，有一块名为"云骨"的巨大石柱，如同从平地上旋起的一缕云烟，被凝固成岩石，孤独地兀立在天地之间。这块奇石，并非天外来客，也不是自然造化，更不是神力所为，而是石工们的杰作。在劈山采石时，他们挖走了整座山峰，却留下了这一根使人遐想联翩的石柱。这像是一座纪念碑，像是一座雕塑，纪念并塑造着在江南创造了惊天动地业绩的采石工，他们是一个坚忍顽强的群体，是祖辈相传的无数代人。造就了绍兴城和其他江南城镇的石头，就是通过他们的手开采出来的。

江南的方言，被人称为吴侬软语，全无北方话的铿锵；江南的戏曲，也大多缠绵悱恻，唱的是软绵绵的腔调。唯独绍剧是例外。绍剧又叫"绍兴大班"，唱腔粗犷豪放，洋溢着阳刚之气。听绍剧时，我很自然地会联想起在柯岩听到石工们的采石号子，同样的激昂，同样的高亢。我曾想，绍剧的唱腔，会不会脱胎于石工的号子？

周庄水韵

　　一支弯曲的木橹，在水面上一来一回悠然搅动，倒映在水中的石桥、楼屋、树影，还有天上的云彩和飞鸟，都被这不慌不忙的木橹搅碎，碎成斑斓的光点，迷离闪烁，犹如在风中漾动的一匹长长的彩绸，没有人能描绘它朦胧炫目的花纹……

　　有什么事情比在周庄的小河里泛舟更富有诗意呢？小小的木船，在窄窄的河道中缓缓滑行，拱形的桥孔一个接一个从头顶掠过。贞丰桥、富安桥、双桥……古老的石桥，一座有一座的形状，一座有一座的风格，过一座桥，便换了一道风景。站在桥上的行人低头看河里的船，坐在船上的乘客抬头看桥上的人，相看两不厌，双方的眼帘中都是动人的景象。

　　周庄的河道呈"井"字形，街道和楼宅被河分隔，然而河上有桥，石桥巧妙地将古镇连缀为一体。据说，当年的大户人家，能将船划进家门，大宅后院，还有泊船的池塘。这样的景象，大概只有在威尼斯才能见到。一个外乡人，来到周庄，印象最深的莫过于这里的水，以及一切和水连在一起的景物。

　　我曾经三次到周庄，都是在春天，每一次都坐船游镇，然而每一次留下的印象都不一样。

　　第一次到周庄，正是仲春，天下着小雨，古镇被飘动的雨雾笼罩着，石桥和屋脊都隐约出没在飘忽的雨雾中，那天打着伞坐船游览，看到的是一幅画在宣纸上的水墨画。

第二次到周庄是初春，刚刚下过一夜小雪，积雪还没有来得及将古镇覆盖，阳光已经穿破云层抚摸大地。在耀眼的阳光下，古镇上到处可以看到斑斑积雪，在路边、在屋脊、在树梢、在河边的石阶上，一摊摊积雪反射着阳光，一片晶莹斑斓，令人目眩。古老的砖石和清新的白雪参差交织，黑白分明，像是一幅色彩对比强烈的版画。在阳光下，积雪正在融化，到处可以听见滴水和流水的声音，小街的屋檐下在滴水，石拱桥的栏杆和桥洞在淌水，小河的石沿上，往下流淌的雪水仿佛正从石缝中渗出来。细细谛听，水声重重叠叠，如诉如泣，仿佛神秘幽远的江南丝竹，裹着万般柔情，从地下袅袅回旋上升。

最近一次去周庄也是春天，然而是在晚上。那是一个温暖的春夜，周庄正举办旅游节，古镇把这天当成一个盛大节日。古老的楼房和曲折的小街缀满了闪烁的彩灯，灯光倒映在河中，使小河变成一条色彩斑斓的光带。坐船夜游，感觉是进入了梦境。船娘是一位三十岁的农妇，以娴熟的动作，轻松地摇着橹，小船在平静的河面慢慢滑行，我们的身后，船的轨迹和橹的划痕留在水面上，变成一片漾动的光斑，水中倒影变得模糊朦胧，难以捉摸。小船经过一座拱桥时，前方传来一阵音乐，水面也突然变得晶莹剔透，仿佛是有晃荡的荧光从水下射出。船摇过桥洞，才发现从旁边交叉的水道中划过来一条张灯结彩的船，船舱里，有几个当地农民在摆弄丝弦。

还没有等我细看，那船已经转了个弯，消失在后面的桥洞里，只留下丝竹管弦声，在被木船搅得起伏不平的河面上飘绕不绝……我们的小船划到了古镇的尽头，灯光暗淡了，小河也恢复了它本来的面目，平静的水面上闪烁着点点星光。从河里抬头看，只见屋脊参差，深蓝色的天幕上勾勒出它们曲折多变的黑色剪影。突然，一串串晶莹的光点从黑黝黝的屋脊上飞起来，像一群冲天而起的萤火虫，在黑暗中划出一道道暗红的光线。随着一声声清脆的爆炸声，小小的光点变成满天盛开的缤纷礼花，天空和大地都被这满天焰火照得一片通明。已经隐匿在夜色中的古镇，在七彩的焰火照耀下面目一新，瞬息万变，原本墨一般漆黑的屋脊，此时如同被彩霞拂照的群山，凝重的墨线变成了活泼流动的彩光。最奇妙的，当然是我身畔的河水，天上的辉煌和璀璨，全都落到了水里，平静幽深的河水，顿时变成了一条摇曳生辉、七彩斑斓的光带，随焰火忽明忽暗的河畔楼屋倒映在水里，像从河底泛起的一张张仰望天空的脸，我来不及看清楚他们的表情，他们便在水中消失。当新的一轮焰火在空中盛开时，他们又从遥远的水下泛起，只是又换了另一种表情。这时，从古镇的四面八方传来惊喜的欢呼，天上的美景稍纵即逝，地上的惊喜却在蔓延……

　　我很难忘记这个奇妙的夜晚，这是一个梦幻一般的夜晚，周庄在宁静的夜色中变得像神奇的童话，古镇幽远的历史和缤纷的现实，都荡漾在被竹篙和木橹搅动的水波之中。

晨昏诺日朗

　　落日的余晖淡淡地从薄云中流出来，洒在起伏的山脊上。在金红色的光芒中，山脊上那些松树的轮廓晶莹剔透，仿佛是宝石和珊瑚的雕塑。眼帘中的这种画面，幽远宁静，像一幅辉煌静止的油画。

　　汽车在无人的公路上疾驶，我的目标是诺日朗瀑布。路旁的树林里突然飘出流水的声音。开始声音不大，如同一种气韵悠长的叹息，从极遥远的地方飘过来。声音渐渐响起来，先是如急雨打在树叶上，嘈杂而清脆，继而如狂风卷过树林时发出的呼啸。很快，这响声便发展成震天撼地的轰鸣，给人的感觉是路边的丛林中正奔跑着千军万马，人马的呐喊和嘶鸣从林谷中冲天而起，在空气中扩散、弥漫，笼罩了暮色中的天空和山林……

　　绿荫中白光一闪，又一闪。看见了大瀑布！

　　从车上下来，站在路边，远处的诺日朗瀑布浩浩荡荡地袒露在我的眼底。大瀑布离公路不到一百米，瀑布从一片绿色的灌木丛中流出来，突然跌入深谷，形成一缕缕雪白的水帘，千姿百态地垂挂在宽阔的绝壁前，深谷中则飞扬起一片飘忽的水雾。也许是想象中的诺日朗太雄伟，眼前这瀑布，宽则宽矣，然而那些飘然而下的水帘显得有些单薄，有些柔美，似乎缺乏了一些壮阔的气势。只有那水的轰鸣，和我的想象吻合。那震撼天地的声响，是水流在峭壁和岩石上撞击出的音乐。这音乐雄浑、粗犷，带着奔放不羁的野性，无拘无束地在山林里荡漾回旋。

诺日朗，在藏语中是雄性的意思。当地藏民把这瀑布称之为诺日朗，大概是以此来象征男子汉的雄健和激情。人世间有这样永远倾泻不尽的激情吗？很想沿着林中的小路走近诺日朗，然而暮色已重，四周的一切都昏暗起来。远处的瀑布有些模糊了，在轰鸣不绝的水声中，在水雾弥漫的幽暗中，那一缕缕白森森飘动的水帘显得朦胧而神秘，使人感到不可亲近……晚上，住在诺日朗宾馆。躺在床上无法入睡，窗外飘来各种各样的声音，有风吹树叶的沙沙声，有山涧流水的哗哗声，有秋虫优美的鸣唱……我想在这一片天籁中分辨出诺日朗瀑布的咆哮，却难以如愿。大瀑布那震天撼地的声音为什么传不过来？也许是风向不对吧。

第二天清早，天刚微亮，群山和林海还在晨雾的笼罩之中，我便匆匆起床，一个人徒步去诺日朗。路上出奇地静，只有轻纱似的雾气，若有若无地在飘。忽听背后嘚嘚有声，回头一看，是两匹马，一匹雪白，一匹乌黑，正悠然自得地向我走过来。这大概是当地藏民养的马，但却不见牧马人。两匹马行走的方向也是往诺日朗。我和它们并肩而行时，相距不过一米。两匹马并没有因为遇见生人而慌乱，目不斜视，依然沉静而平稳地踱步，姿态是那么优雅，仿佛是飘游在晨雾中的一片白云和一片黑云。到诺日朗瀑布时，两匹马没有停步，也没有侧目，仍旧走它们的路。我在轰鸣的水声中目送两匹马飘然远去，视野中的感觉奇妙如梦幻。

诺日朗又一次袒露在我的眼前。和夕照中的瀑布相比，晨雾中的诺日朗显得更加阔大，更加雄浑神奇。瀑布后面的群山此刻还隐隐约约藏在飘忽的云雾之中，千丝万缕的水帘仿佛是从云雾中喷涌倾泻出来，又像是从地底下腾空而起的无数条白龙，龙头已经钻进云雾，龙身和龙尾却留在空中，一刻不停拍打着悬崖峭壁……

沿着湿漉漉的林间小道，我一步一步走近诺日朗。随着和大瀑布之间的距离不断缩短，那轰鸣的水声也越来越大，迎面飘来的水雾也越来越浓。等走到瀑布跟前时，头发、脸和衣服都湿了。这时抬头仰观大瀑布，才真正领略到了那惊天动地的气势。云雾迷蒙的天上，仿佛裂开了一道巨大的豁口，天水从豁口中汹涌而下，洋洋洒洒，一落千丈，在山谷中激起飞扬的水花和震耳欲聋的回声。此时诺日朗的形象和声音，融合成一个气势磅礴的整体。站在这样的大瀑布面前，感觉自己只是漫天飘漾的水雾中的一颗微粒。我想起许多年前在雁荡山看瀑布时的情景，站在著名的大龙湫瀑布跟前，产生的联想是在看一条巨龙被钉在崖壁上挣扎。此刻，却是群龙飞舞，自由的水之精灵在宁静的山谷中合唱出一曲震撼天地的壮歌，使人的灵魂为之战栗。面对这雄浑博大、激情横溢的自然奇景，人是多么渺小，多么驯顺！

然而大瀑布跟前实在不是久留之地，因为空气中充满浓密的水雾，使人难以呼吸。赶紧往后退，退入林间小道。走出一段路再往后看，诺日朗竟然面目一新：奔泻的瀑布中，闪射出千万道金红色的光芒，这是从对面山上射过来的早霞。飘忽的水雾又把这些光芒糅合在一起，缤纷迷眩地飞扬、升腾，形成一种神话般的气氛……这时，远处的山路上传来欢跃的人声。是早起的游人赶来看瀑布了。

上午坐车上山时，绕过诺日朗背后的山坡，只见三面青山环抱着一大片碧绿的湖水，平静的湖水如同一块硕大无朋的翡翠，绿得透明而深邃，使人怀疑这究竟是不是水。当地的藏民把这样的高山湖泊称为"海子"。陪我来的朋友指着一湖碧水，不动声色地告诉我："这就是诺日朗。"

这就是诺日朗？实在难以把这一片止水和奔腾咆哮的大瀑布联系在一起。朋友说的却是事实。三面环山的海子有一面是长长的缺口，这正是大瀑布跌落深谷的跳台，也就是我在谷底仰望诺日朗时看到的那道云雾天外的豁口。走近海子，我发现清澈见底的湖水正在缓缓流动，方向当然是那一道巨大的豁口。这汇集自千峰万壑的高山流水，虽然沉静一时，却终究难改奔腾活泼的性格。诺日朗瀑布，正是压抑后的一次爆发和喷泻。只要这看似沉静的压抑还在，诺日朗的激情便永远不会消退。

汉水映诗魂

此刻，身在万顷碧波之中。周围，是滔滔无边的流水，远方，城墙、楼房和逶迤的青山似乎正在水面浮动，仰望，是浩瀚的白云蓝天，一群鹭鸟正从云间飞过……

我在襄阳，我在游泳。汉江展开宽广的怀抱，把我托举在她雄浑而清凉的波涛之上。

在江河里游泳，还是遥远的青年时代的事情。现在经常在游泳池里游泳，在狭小的池子里往返时，有时会很自然地想起在江河里游泳的情景，这是一种向往，向往江河湖海，向往大自然。但江海离我很遥远，要想到江河里游泳，对一个生活在都市中的人，简直就是梦想。这次到襄阳，我惊喜地发现，流经这个千年古城的汉江，如一条浅绿色的绸带，轻缓地飘过城市的腰间。江面上，似乎浮动着点点彩色的花瓣，仔细看，竟是游泳的人。襄阳的朋友告诉我，襄阳是亲水的城市，汉江，是一条可以让市民游泳的大江。于是动了到汉江游泳的念头。

在江面上平视一个临水的城市，会产生很奇幻的感觉。水面的城市仿佛正在随汹涌的潮水漂流而去，去向她的源头，去向一个神秘的远方。江水迎面而来，虽然无声无息，但能感觉到她那种无法抗拒的伟大的力量。在水天之间，感觉自己就像一条鱼、一只鸟，融化于流动的自然，遨游在历史和现实的时空交错之中。

　　诞生在汉江边的襄阳，在中国的史书中是一个显赫的名字，多少故事发生在这里，多少才子俊杰诞生在这里。在澄澈徐缓的流水中，我想起了襄阳古往今来那些永垂青史的人物，想起了和襄阳有关的不朽诗篇。

　　想起了宋玉，想起了诸葛亮。当然，也想到了杜甫。杜甫生在河南，祖籍是襄阳，他的祖父杜审言是襄阳的名诗人。提起襄阳，很多人马上会想到杜甫的《闻官军收河南河北》："剑外忽传收蓟北，初闻涕泪满衣裳。却看妻子愁何在，漫卷诗书喜欲狂。白日放歌须纵酒，青春作伴好还乡。即从巴峡穿巫峡，便下襄阳向洛阳。"杜甫这首诗，虽非为襄阳而写，然而襄阳却因为这首激情飞扬的诗篇而被中国人千年传诵。杜甫这首诗中，提到襄阳和洛阳，从湖北到河南，这正是他的两个故乡。在狂喜之时，这两个亲切的地名是如此自然地出现在他的诗中。

　　襄阳的历史上，有两位把襄阳和自己的名字连在一起的文化名人，一位是唐代大诗人孟浩然，又称孟襄阳。另一位是宋代大书法家米芾，也称米襄阳。将地名化为自己的名字，那一定是对那地方有非同寻常的感情，是对故乡深情的寄托。

　　说起孟浩然，想到李白的《赠孟浩然》："吾爱孟夫子，风流天下闻。红颜弃轩冕，白首卧松云。醉月频中圣，迷花不事君。高山安可仰，徒此揖清芬。"这位曾在襄阳鹿门山隐居的孟夫子，为何受到李白的如此欣赏和钦佩？李白当然欣赏孟浩然的诗才，孟浩然是唐代山水诗的杰出代表，他的《春晓》："春眠不觉晓，处处闻啼鸟。夜来风雨声，花落知多少"，他的"旷野天低树，江清月近人"，"人事有代谢，往来成古今"，都是唐诗中脍炙人口的千古绝唱。李白也欣赏孟浩然淡泊宁静的个性。孟浩然的"风流"，是何种情状，他的"弃轩冕"和"卧松云"，他的"醉月"

和"迷花"，又是何种境况。在襄阳寻山问水，再回味他的诗作，记忆中有了不少具体生动的印象。

鹿门山并不见危岩峭壁，山道幽静，林荫扑面，眼帘中只见野花奇树，耳畔时闻鸟雀啼鸣。孟浩然一定是喜欢这里的清幽，喜欢这里的天籁。他的《春晓》，就是在雨声和百鸟的鸣唱交响中得到的灵感。在孟浩然的诗中，处处能看到这里的美景："结交指松柏，问法寻兰若。小溪劣容舟，怪石屡惊马。所居最幽绝，所住皆静者。云簇兴座隅，天空落阶下。"他登山怀古，在每一级石阶，每一簇花树中，都能发现先哲的足迹，"隐迹今尚存，高风邈已远。白云何时去，丹桂空偃蹇"。有时泛舟江上，他也会诗兴大发："羊公岘山下，神女汉皋曲。雪罢冰复开，春潭千丈绿。轻舟恣来往，探玩无厌足。波影摇妓钗，沙光逐人目。倾杯鱼鸟醉，联句莺花续。良会难再逢，日入须秉烛。"孟浩然隐居山林，仍食人间烟火，临近的山民农家，在他心目中有着非同寻常的亲近感，他的《过故人庄》，写和乡人的交往，因其亲切自然，成为千古绝唱："故人具鸡黍，邀我至田家。绿树村边合，青山郭外斜。开轩面场圃，把酒话桑麻。待到重阳日，还来就菊花。"今天诵读这些诗句，仍能想象当年诗人和农民交往时亲密无间的场面。孟浩然对官场不感兴趣，但面对人间的美好事物，总是兴致勃勃。他在汉水泛舟垂钓，"垂钓坐盘石，水清心亦闲"，在江畔看到浣纱的美妙女子，也会心有所动："白首垂钓翁，新妆浣纱女。相看似相识，脉脉不得语。"幽静的山林，因为孟浩然结庐隐居，也时有清雅的妙音飘漾。来访者中有弹琴高手，孟浩然设酒招待，喝一杯，弹一曲，在琴声中，从午后一直喝到黄昏："阮籍推名饮，清风满竹林。半酣下衫袖，拂拭龙唇琴。一杯弹一曲，不觉夕阳沉。予意在山水，闻之谐凤心。"孟浩然沉浸于山水之美，淡忘了人间的纷争，但对世俗生活的享受，他并不拒绝，譬如美食。有一首诗，写垂钓得鱼，请美人烹调，食而忘忧："石潭傍隈隩，沙岸晓夤缘。试垂竹竿钓，果得槎头鳊。美人骋金错，纤手脍红鲜。因谢陆内史，莼羹何足传。"诗中的"莼羹"，是引西晋张翰的典故，张翰因思念家乡吴江的莼菜鲈鱼，辞官回乡，"莼鲈羹"，成为故乡美食的代称，"莼鲈之思"，成为游子思乡的名典。这首诗中，孟浩然把这个典故错套在陆机的头上，但对家乡美食的赞叹，却溢于言表。也许是在饱尝汉江鱼羹的美味之后，孟浩然登山远眺，江上白帆点点，如鹭鸟盘旋，他想起了因美食而归隐吴江的张翰，一时性起，对着浩荡的汉江忘情吟哦："岘首风湍急，云帆若鸟飞。凭轩试一问，张翰欲来归？"

我喜欢孟浩然的五言诗，言简意长，质朴铿锵，汉字的精妙，融化在这样的诗中，就像这汉江的流水，爽然清澈，源远流长。孟浩然的七言诗，也有很多佳作，《夜归鹿门歌》就是意境幽美的一首。孟浩然在汉江边寻古迹，赏花树，访友朋，读山水之美，行渔樵之乐，回他的鹿门山草庐时，晚霞已散，山色迷蒙，诗意随月光在心头绕升："山寺鸣钟昼已昏，渔梁渡头争渡喧。人随沙岸向江村，余亦乘舟归鹿门。鹿门月照开烟树，忽到庞公栖隐处。岩扉松径长寂寥，唯有幽人独来去。"

沉浮在清凉澄澈的江水中，心牵着襄阳的千年往事，不觉之中，已从江心游近江岸。仰泳，发现天上已是满天浓云，江风中飘着细密的雨丝。这时再看江上风景，一派朦胧，远山，楼房，桥梁，蜿蜒于江畔的古城墙，星星点点，都被迷离的烟云笼罩，就像一幅水墨长卷。此时情景，让人很自然地想起了米襄阳，想起了"米家山水"。米芾以他气韵非凡的书法，成为中国书法史上的一座高峰，被董其昌评为"宋朝第一"。米芾不仅是书法家，也是画家，"米家山水"，是他和他儿子米友仁共同创立的一个画派。在此之前，中国山水画多以线条为主，而米芾父子则以卧笔横点的"落茄法"，打破了中国水墨画的老规矩。米芾父子的画，能表现朦胧迷茫的烟雨云雾，能画出梦幻般的境界，被人称为"米氏云山"。他们的创造，和法国新印象主义画派中的点彩派有点相似，但法国的点彩派，比"米氏云山"晚了八百年。

在汉江游泳，在我实在是意外的收获。畅游浩浩汉水，追寻襄阳的文脉和诗意，和杜甫、孟浩然、米芾神游在天水之间，恍若一个奇幻的梦。

人迹和自然

　　很多年前上黄山，很为那里的美妙风景所陶醉。除了山石和溪泉，给我印象最深的是山上的松树。

　　说起黄山的松树，自然使人想起迎客松。它的形象已经通过无数照片和画被世人所熟悉。当年经过迎客松时的情景我一直记得很清楚。迎客松是黄山的明星，自然吸引了所有来爬山的游客，人人都想作为黄山的客人被它欢迎一下，于是大家排队站在这棵造型优美的大松树下照相。有些人觉得站着照相不够亲热，还要在树下做出种种姿态，或是倚在树干上，或是攀在树枝上……于是美丽的迎客松便永远地失去了安宁。它很忙，也很累，它根部的泥土被热情的游客们踩得异常结实，它的躯体也是不堪重负。我看到迎客松的时候，它已经明显地露出了疲惫的老态，它的优雅的手臂——那根向前伸展的枝杈已托不住所负的重量，正在无力地下垂，若不是一根木棍的支撑，它恐怕早已折断。我一边为迎客松担忧，一边也难免其俗，排队站到树下照了一张相。回来洗出照片，发现画面上最引人注目的，是那根支撑着松树枝杈的木棍。我背后的那棵迎客松，看上去就像是一个挂着拐杖的垂垂老者……

　　其实，在黄山，姿态奇崛动人的松树不计其数，迎客松未必是最出色的。在一些无人的小径边，或是无路的幽谷中，我曾见到许多高大挺拔的松树，在宁静之中不动声色地展示着千姿百态，使人惊异于自然的奇妙和生命的多姿。有些树在荒瘠的环境中表现出的坚强简直不可思议，它们就生长在光秃秃的岩石上，虬结盘绕的根须如剑如凿，锲而不舍地钻进岩缝，汲取生命的养料，使之化为峥嵘苍劲的枝干，化为欣欣向荣的绿叶。它们的存活就凭借着石缝里那一点点可怜的泥土。岂仅是存活，在远离尘嚣的宁静之中，它们所取极微，却照样生长得蓬蓬勃勃，活得轰轰烈烈。是的，它们无名，它们不为人所知，但这也正是它们的福气——没有慕名而来的游客在它们身边喧嚷，没有追新猎奇的人烦扰，它们便有了清静，有了自由，有了独享天籁的情趣。它们不会失去继续生长的外部环境，只要没有火山爆发，没有地层断裂，没有樵夫的刀斧。如果它们也像迎客松一样，被人们发现了、重视了，成了美名远播的明星，那会怎么样呢？请去看看老态龙钟的迎客松吧。

现在的迎客松活得怎么样，我并不知道，也许，它至今仍一如既往站立在路边迎接兴致勃勃的游客，园艺家们也可能想出各种各样的方法来延长它的生命，保留它的美姿，然而我很难相信它会重返青春。而那些无名的野松，我却深信它们将越活越年轻，越活越美丽，它们已战胜了大自然设置在它们前面的种种障碍，它们通过搏斗赢得了生存和成长的权利。它们是为自己活着。

在我们这个世界上，发现风景的是人类，毁灭风景的往往也是人类。许多年前，有几位朋友去了四川九寨沟，那时还没有几个人知道那地方。朋友们回来后绘声绘色地向我描述了九寨沟仙境一般的幽静和多彩，使我心驰神往。他们向我建议说："你要去，就趁早去，趁大家还不知道这个地方。等人群都拥进那山沟的时候，恐怕就没有什么风景可看了！"朋友的话似乎是危言耸听，然而我颇有共鸣。我很自然地想起了迎客松。后来我曾一次又一次错失了去九寨沟的机会，一直引以为憾，也因此而担心我再也看不到真正的九寨沟。去年夏天，终于冲破重重险阻进入了九寨沟。因为天雨路毁，沟中人烟稀少，展现在我面前的是一片宁静而又变幻无穷的奇妙天地，青山在云雾中出没，碧水在树林里奔流，野花在草丛和山坡上粲然怒放……依然可以把它比作仙境。然而只要留心寻觅，在美丽的仙境中处处能找到破坏风景的人迹。最早的伤痕是伐木者们留下来的，是到处能见到的树桩，是横陈在湖底或溪流中来不及运走的树木。新鲜的人迹当然是游客们的杰作，清澈见底的湖滩和茂密的灌木丛中，不时能看见被人随手遗弃的酒瓶和罐头，尽管这些瓶瓶罐罐色彩鲜艳，然而大煞风景……对一个地域广阔的森林公园来说，这些区区人迹自然还谈不上是什么毁灭性的伤害，不过谁能说这不是一段含义不祥的序曲呢？

我想，如果我是一棵树，或者是一片原始的山林，那么，与其被热热闹闹的尘嚣包围着名扬天下，还不如沉默而自由地独对自然。除非那些自称爱美爱自然的人真正懂得了珍惜美和自然。

丝绸之路上的奇遇

黄河入城

黄河从兰州城里流过。河畔有柳树，有鲜花，树荫花丛中有鸟雀的鸣唱和恋人的絮语。黄河的雄浑和奔放不羁，在河边的林荫道上丝毫也感觉不到。莫非，流过这样的繁华之地，连黄河也失去了激情？

但是只要走到河边，凭栏观察那奔流的河水，感受就完全不一样。如果走到那座古老的大铁桥上，俯瞰从桥下汹涌而过的急流，眼帘中的景象就更加惊心动魄。混浊的流水，如同黄色泥浆，在河床里挤撞，搅动，翻腾，凶险的漩涡环环相套。在迎面而来的风中，可以听见一阵阵急促不安的涛声。此情此景，仍使我想起古人的诗句，"黄河万里触山动，盘涡毂转秦地雷"，"九曲黄河万里沙，浪淘风簸自天涯"……

从天上流下来的黄河，从野山大谷中奔出来的黄河，尽管它从城市里流过，从热闹的人烟中流过，但没有任何力量能磨灭它的野性。它没有因为城市的繁华而滞留不前，依然呼啸远去，将雄浑的激情在天地间一路挥洒。

这才是黄河！

马踏飞燕

马踏飞燕是一座青铜雕塑，它已经成为中国古代艺术和文明的一种象征。一匹飞奔的骏马四蹄腾空，一只脚踏在一只展翅飞翔的燕子背上。马虽无翅，却奋然作飞翔状，蹄下那只飞燕，正回首观望，似乎在惊异于奔马的神速和矫健。古人的想象力和创造力，凝集在这匹小小的青铜马中。它的出现，曾经使整个世界都为之惊叹。

马踏飞燕的发现地点，是甘肃张掖的雷台汉墓。这座汉墓中曾出土一大批青铜马，在幽暗的墓室中，它们组合成一个颇具规模的车马队，将墓主生前的威严和气派定格在暗无天日的地下。历经了两千多年，这些青铜马方才大白于天下。然而这一群马匹中，为什么只有这匹脚踏飞燕的奔马名扬天下？因为它特别，因为它与众不同，因为它将马奔驰的动态塑造得无与伦比。其实，从这座古墓中出土的铜马造型都非常生动，尤其是马的头部，表情都不是呆滞单调的，所有的马，都张开嘴作仰天嘶鸣状。然而它们却曾在暗无天日的墓穴中沉默了两千多年。

走进雷台古墓时，无法将那条狭长幽暗的拱形墓道和飞扬的青铜奔马联系在一起。墓道是砖砌的，走过狭长的墓道，进入空空荡荡的墓穴，这里已经空无一物，但可以从墓穴的结构窥见古人的智慧和灵巧。高敞的圆形墓穴，没有一根梁柱，只是用不大的方砖砌成，头上的穹顶也是一块一块不大的方砖，它们竟能顶起成千上万吨黄土的重压而两千年不坍，这也近乎奇迹。

灯光在墓穴里闪动。讲解员离开后，我一个人站在空空荡荡的墓穴中央，在寂静中，仿佛突然听见马的嘶鸣在幽暗的空中回荡，一声声，追溯出远古的回响……

明人绘画

李显声这个名字，我是参观了武威的文庙后才知道的。他是明代的民间画家，在美术史中没有见过这个名字。武威文庙的博物馆里，陈列着他的很多作品。这位画家画的是他生活时代的各种人物，生活中的农夫、樵夫和村姑，官吏僧侣，传说中的神怪游仙，三教九流，都走进他的画中。人物的表情，无不栩栩如生。这是明代的风俗画，画面中的人物，是真正的明代中国人。

使我惊奇的是他的人物画得如此细致逼真，一丝不苟的彩色笔墨，不仅画出了人物眉眼间微妙的表情，还将他们的发髻冠带、衣衫屐帽，还有服装上的图案和皱褶，都刻画得纤毫毕现，栩栩如生。曾经有人说中国古代的绘画中的人物，都画得不合比例，看看李显声的画，便会觉得这样的结论有点可笑。

李显声的画，把明代的服装描绘得如此具体细致，看他的画，如同参观明代的服饰展览。喜欢写意风格的画家，也许会小看这样的画，但我却觉得它们了不起。看着李显声的画，再对照着读明人的小说，小说中的人物大概都会活起来。对明代世俗风情的记录，任何文字描写都无法超过这样的画。

看过李显声的这些画，我觉得我们的美术史也许是残缺的。

西夏遗碑

对于西夏的历史，我实在不熟悉。很多年前在俄罗斯圣彼得堡的东方研究所里，曾经见到无数关于西夏的古文献，当年的传教士从敦煌把这些文献搬到俄罗斯，堆满了昔日的皇宫，但没有几个人能读懂它们。我曾经看过其中的部分尺牍，也是方块字，但没有一个认识，读它们如读天书。

西夏文字，也是中华文化的一部分。创造西夏文字的党项族人，确实也是聪明绝顶。这些文字形体脱胎于汉字，结构也相仿，但和汉字完全不同，笔画也比汉字更繁复。当年，这样的复杂难学的文字也只是西夏的少数知识分子在用，老百姓恐怕依然在读写汉字。创造西夏文字的据说是西夏的一位精通汉字的帝王，他弃汉字造新字，大概也是不甘心被汉文化笼罩，想以有别于汉字的独特文字向世人证明自己也有独立的文化。然而，这样的方块象形字，还是无法摆脱汉字的影响。汉字的形成和完善经历了几千年，而西夏的文字在短时间内仓促问世，充其量也不过是对汉字的一种改革。随着西夏王朝的覆灭，西夏的文字也随之失去了生命力，而且不久便失传，成为历史的谜语。在凉州，看到一块西夏遗碑，碑文刻得密密麻麻，但没有人能读懂。所幸背面有内容相同的汉字。这块西夏遗碑，成为现代人解读西夏文字的钥匙。

站在那块西夏古碑前，看着碑上那些奇怪的文字，粗看似乎眼熟，和汉字没有什么大不同，细看却无一认识。对于现在的大多数中国人来说，西夏是一个陌生的名词，在中华民族漫长的历史中，这段历史的分岔已被忽略。这些似曾相识的西夏文字，能提醒现代人，对于历史，对于前人创造的文化，我们到底还忽略了多少，遗漏了多少。

汉时长城

苍茫原野，荒芜连天。烈日烤晒着无边的大地。在远处的荒漠中，有一道和公路平行的土墙，断断续续，却是大地上一条绵延不绝的长线。这是建于汉代的长城，是万里长城的一部分。

在大漠中，这一道土城墙并不巍峨，也不壮观，但它是古人的血汗和智慧的结晶。以现代人的眼光，这样一道土墙在战争中能有什么作用，一发炮弹便能将它拦腰炸断。而在两千年前，这却是一道伟大的屏障，铁骑箭矛，在它面前只能却步。

站到汉长城的脚下时，我也没有觉得它有多少高大。和现代的建筑相比，这简直就是孩童的沙雕。然而想一想，岁月的风沙已经将它风化剥蚀了两千年，而它依然屹立在荒野中，向来往的跋涉者叙述历史，于是便肃然起敬。

抚摸着粗糙的城墙，那上面有两千年前工匠和兵士的血汗，有两千个春夏秋冬轮回的痕迹。岑参当年悲叹，"穷荒绝漠鸟不飞，万碛千山梦犹懒"，两千年过去，它周围的荒凉依旧，多少有点让人心颤。

离它不远处，高速公路像一道白色闪电，切开了板结的荒原。现代人，需要的不再是墙，而是更快更多的沟通渠道。古老而残缺的长城与新建的高速公路在荒凉的大漠上对视着，沉默中有多少内涵丰富的交流？

"活鱼饭店"

汽车在戈壁滩疾驰，满目荒凉，看不见一丝生命的绿色。在烈日下，青灰色的戈壁滩上升起一缕缕无形的热浪，天边的山影在热浪中晃动。这时，常常能看到美妙却虚幻的海市蜃楼。

远远的，在路边出现一排简陋的房子，土色的墙上赫然写着四个红色大字"活鱼饭店"。这样的景象，使人哑然失笑。在这片寸草不生的戈壁滩上，找一滴水比找一颗钻石还要难，哪里来的"活鱼"？

"活鱼饭店"在路边一晃而过。车窗外依然是一望无际的荒凉大漠。然而那几个红色的字，却在我的眼前挥之不去，而且在动，在荡漾开来，荡漾成一片清澈的水波。水波里，大大小小的鱼儿在遨游，鱼鳍优美地飘曳，五彩斑斓，荧光闪烁……

我永远也无法知道那家"活鱼饭店"里的景象。不过，如果我走了进去，看到了里面的"活鱼"，那么，所有的想象大概都会烟消云散。

异乡的天籁

　　夜晚，在离开上海数万里外的南太平洋之岸。半个残缺的月亮从海面上静静升起。天空是深蓝色的，而天空下面的海水，是墨一般的漆黑，星光和月色洒落在海面上，泛起星星点点的晶莹。远方有一条白色的细线，在黑黢黢的水天之间扭动，这是海上卷起的潮峰，它们集聚了大自然神秘的力量，正缓缓地向岸边涌来。风中，传来隐隐的涛声。一只白色的鸥鸟从我身边飞过，像一道闪电，倏忽消失在黑暗之中。

　　这是澳大利亚维多利亚州一个名叫凯尔斯的海边小镇。这个小镇，离繁华的墨尔本二百多公里，在地图上未必能找到，镇上只有几家小店和旅馆闪着灯火。离开小镇，穿越一片草坪就是海滩。我一个人站在海滩上，站在星空下，站在望不到边际的夜色里，沉浸于奇妙的遐想。和我一起伫立于海边的，是一棵古老的柏树。斑驳的树皮，曲折的枝干，树冠犹如怒发冲冠，月光把古柏巨大的阴影投在海滩上，如同印象派画家异想天开的巨幅作品。这样的古柏，在中国大多生长在深山古庙，想不到在异域海岸上也能遇到这样一棵古树，这是奇妙的遭遇。树荫中传出不知名的夜鸟的鸣啼，低回婉转，带着几分凄凉。

　　古树，残月，孤鸦，星光荡漾的海，这样的景象，神秘而陌生，却似曾相识。它们使我联想起唐诗宋词中的一些情境，但又不雷同。这是我以前从未看到过的风景。我就着月光看腕上的手表，是夜里九点，此时，中国是傍晚七点，在我的故乡上海，正是华灯初上的时刻，淮海路上涌动着彩色人流，南京路上回荡着喧闹人声，灯光勾勒出外滩和浦东高楼起伏的轮廓……而这里，完全是另外一种景象。久居都市，被人间的繁华和热闹包围着，很多人已经失去了抬头看看星空的欲望，也忘记了天籁究竟是怎么一回事。此刻，大自然正沉着地向我展示着她本来的面目。

能够沉醉在大自然幽邃阔大的怀抱中，是一种幸运。在天地之间，在浩瀚的海边，我只是一粒微尘，只是这个小镇、这片海滩上的匆匆过客。然而这样的夜晚，这样的情境，却会烙进我的记忆。

在澳洲，很多天然的景象使我陶醉，也使我心灵受到震撼。旅行途中一些不经意间看到的景色，让人难以忘怀。一位澳洲作家曾经这样提醒我："在澳洲，请你多留意这里的海洋。"在飞机上，我曾经观察过澳洲的海岸线，这里有世界上最曲折逶迤的海岸，海岸边有平缓的沙滩，也有峻峭的岩壁。在阳光下，金黄的沙滩映衬着蓝得发黑的海水，海滩的金黄是天底下最辉煌的颜色，而海水的蓝色则是世界上最深沉的颜色，这样鲜明强烈的对比，在任何一个画家的笔下都没有出现过。我也一次又一次走到海边，看海水在礁石上飞溅起漫天雪浪，听涛声在天地间轰鸣，面对着激情四溢的海洋，我却感受到一种无法言传的宁静。也有平静的海湾，海水平静得像一块蓝色水晶，白色的游艇在海面滑动，悠然如天上的白云。凝望着平静的海洋，我却想起了风暴中的海，想起了我曾经在文学作品中读到过的最汹涌激荡的海。海的运动，遵循的是自然永恒的法则，没有人能改变它。这是地球上最神秘的力量。在悉尼的邦迪海滩，我看到了海洋永无休止的运动。不管气候晴朗还是阴晦，不管是有风还是无风，在这片海滩上永远能看到滔天巨浪，潮头如崩溃的雪山，成群结队呼啸而来，前面的刚刚在海滩上溃散，后面的又轰然而起。冲浪者在潮峰上滑翔，展现着人的勇敢和灵巧。如果把大海的运动比作一部壮阔的交响曲，人在其中的活动则只是几个轻巧的音符。

在澳洲的海边旅行时，我也常常被突然出现在眼帘中的大树吸引。很多树我都无法叫出它们的名字，它们千姿百态地站在海边，眺望着波涛起伏的海洋，也向过路人展示着生命的魅力。这些大树的形状没有一棵是雷同的，也没有一棵是丑陋的，无论怎样生长，无论是粗壮的还是清瘦的，高大的还是低矮的，所有的树都显得生机勃勃，树上的每一根树枝都像自由的手臂在空中挥舞，在拥抱清新的阳光和海风。即便是那些枯死的老树，我依然能在虬结的树干和峥嵘的枝杈上感受到生命的力量，能从中想象它们当年的茂盛风华。澳洲的树木中，最常见的是桉树，它们有的独立在草原中，有的成片成林，白色的树干在绿叶中闪烁着光芒。在国内，我也看到过不少桉树，印象中它们都清清瘦瘦，像苗条的少女。而澳洲的桉树却完全不一样。在离菲利浦湾不远的公路边，我见过一棵巨大的桉树，树干直径将近两米，四五个人无法将它合抱，树冠覆盖的土地超过一亩。几十个人站在这棵巨大的桉树下，只占据了树荫的一小部分。我曾经走进一片幽深的桉树林，因为树和树挨得太近，白色的树干互相缠绕着，密集的树叶遮住了天光，空气中弥漫着桉树叶的清香。在树上，能看到考拉，也就是树袋熊，这是澳洲人最喜欢的动物。它们悠闲地坐在树杈上，不慌不忙地嚼着桉树叶，并不理会生人的来访。

海边的牧场也是悦目的景观，草原的起伏形成了大地上最柔和的线条，而在草地上吃草的羊群和牛群，仿佛是静止不动地被贴在绿色屏幕上。如果海上有风吹过来，吃草的牛羊应该能听到浪涛拍击海岸的声音，应该能听到树林在风中的低语。但这些草原上的生灵，大概早已习惯了身边的那种安宁，它们已经没有了奔跑的念头。只有野生的袋鼠，箭一般出没在灌木丛中。

　　一天黄昏，我离开海边一个著名的景点，在暮色中坐车回墨尔本。公路穿越一片丘陵时，车窗外出现了我从未见过的奇妙景象：西方的地平线上，残阳颤动，晚霞如血；东方的天边，金黄的月亮正在上升。道路两边，是广袤无边的草原，羊群、牛群和马群仍站在那里吃草，它们沉静地伫立在自己的位置上，在夕阳和月光的照耀下，入定一般贴在墨绿色的草地上，天色的昏暗丝毫没有引起它们的不安。这是一幅色彩深沉、意境优美的画，一幅世界上最平和幽静的油画。

米开朗琪罗的天空

　　梵蒂冈是国中之国，城中之国。它其实只是古都罗马城中小小的一方土地，然而它却令全世界瞩目。零点四平方公里，大概是全世界最小的国家，然而这里却拥有地球上最伟大的教堂，拥有世界上最了不起的博物馆。

　　圣彼得大教堂花了一百多年才完成它雄伟的工程，米开朗琪罗设计的金色穹顶成为罗马城中一颗耀眼的恒星。大教堂一年到头敞开着大门，人人都可以免费走进去。天主教徒们进去拜谒耶稣圣母，聆听天国福音，让灵魂接受洗礼；艺术爱好者们进去参观文艺复兴时期的伟大艺术；漫无目标的旅游者进来看热闹，看欧洲人如何在五百年前建造起如此宏伟的建筑。不过，不管你心怀何种目的来到这里，灵魂都会受到震撼。你会被教堂中神圣安宁的气氛震撼，会被那些静静地凝视着你的雕塑和壁画震撼。

　　米开朗琪罗的成名之作《圣母的哀伤》，就陈列在离大门口不远的一侧。美丽的圣母抱着死去的耶稣，满脸悲伤，那种庄严和逼真，那种优雅和凝重，让每一个观者为之凝神屏息，不敢发出声音，唯恐惊扰了沉浸在悲伤中的圣母马利亚。这尊雕塑，是人类艺术史上极为伟大的作品之一，米开朗琪罗创作这件作品时，只有二十五岁。当时，人们面对这座雕像，惊讶得失去了言语，没有人相信它出自一个二十岁出头的年轻人之手。米开朗琪罗一

167

怒之下，半夜里悄悄溜进教堂，在圣母胸前的绶带上刻下了自己的名字。据说这是米开朗琪罗唯一刻下自己名字的雕塑。这位旷世奇才，当然有资格在他的作品中刻下名字，即便是刻在圣母的身上。教堂大厅中间有贝尔尼尼设计的一个铜质亭子，四根布满螺旋形花纹的高大铜柱，托起一个雕刻着无数人物和花饰的巨大穹顶，这是教皇的讲坛，更是艺术家的陈列坛。

我曾两次走进圣彼得大教堂。第一次离开时正是黄昏时分，教堂的金色圆顶在夕照中闪烁着金红色的光芒，钟楼上铜钟齐鸣，钟声传遍了整个罗马城。第二次去圣彼得大教堂，是圣诞节后的第二天，走出教堂大门时，天已经落黑，罗马正在下雨。雨雾弥漫中，教堂前的大广场上一片彩色的雨伞，如无数沾露的蘑菇，在灯光和水光中晃动。依然是钟声回荡，钟声仿佛化成了细密的雨丝，从天上落下来，融化在人间的万家灯火中……

对热爱艺术的人们来说，圣彼得大教堂右侧的西斯廷教堂也许更有吸引力。这是世界上最迷人的博物馆，文艺复兴时期欧洲的无数经典名作，都被收藏在这个博物馆里。我曾经在这里待了半天，感觉是沉浮在艺术的汪洋中。现代人面对古代天才们的伟大创作，感觉到自己的肤浅和浮躁。站在西斯廷教堂大厅中央，抬头看天花板上的壁画，那是场面浩瀚的《创世记》。天堂人间，凡人天使，空中的树，地上的云，梦想中的神殿，传说中的巨人，在巍峨的穹隆间翩跹起舞……米开朗琪罗在这里幽闭数年，一个人站在空中挥笔冥思，把天堂搬到了人间，把凡人和天使融合为一体。上帝创造人的传说，在这里被简化成一根手指的轻轻点拨，上帝的手指和凡人的手指，在云天间接触的瞬间，便诞生了伟大的奇迹。画家的奇思妙想和神来之笔，使所有的文字失色。

我站在西斯廷教堂大厅的中间，抬头仰望那铺天盖地的《创世记》，感觉人的渺小，也感觉人的伟大。在天堂和神灵前，人是何等微不足道，然而这天堂和神灵，都是人类的想象和创造。你可以想象，如果你怀着虔敬的心，对天空伸出你的手指，会有来自天空的手指，轻轻地触碰，点开你的心灵之窗……

环顾四周，无数人和我一样抬头仰望、沉思，在米开朗琪罗描绘的天空之下。

风啊，你这弹琴的老手

如果没有风吹来，一切都是静止的。

树，草，花，湖泊，海洋，甚至沙漠……这世界上的一切有生命的或者无生命的，在无风的时刻都成了凝固的雕塑。

是风改变了它们的形象，打破了它们的宁静，使它们变得充满了兴致勃勃的生命活力？风，果真有如此神奇的魅力？

那一年在庐山，我曾经为山顶庐琴湖的静态而惊奇不已。

那是在傍晚时分，无风，我散步去湖畔。湖畔的树林里，枝叶纹丝不动，一切都沉默着，只有几只已经归巢的鸟雀，偶尔发出一两声梦呓般的鸣叫。这鸣叫非但没有破坏林中的静寂，反而增添了几分幽静。穿过树林，就看到了湖。呈现在我眼前的是一个静极了的湖。碧绿的湖面平滑得如同一面巨大的明镜，镜面上没有一丝半点的裂纹和灰尘，这样的静态，简直有些不可思议。湖畔的树木，远方的山影，还有七彩缤纷的晚霞，一无遗漏，全部都倒映在这面镜子中。这是一幅静谧辉煌、略带几分凄凉的画，那种静止的瑰丽和缤纷竟使人感觉到一种虚幻，使人禁不住发问：这是真的吗？大自然是这样的吗？我突然想，要是有一点风，那有多好，眼前的风景也许会活泼美妙得多。

就在我为风景的过于静谧感慨遗憾的时候，突然地，就刮起风来。不知道这风来自何方，开始只是感觉头顶的树叶打破了它们的沉默，发出一片簌簌的声响。接着，就看见原先像镜子一般的水面微微起了波动。细而长的波纹从湖边轻轻地向湖心荡开，优雅得就像丝绸上飘动的褶皱。波纹不慌不忙地荡漾着，湖面上那幅静谧辉煌的画随之消失，变成了一幅印象派的水彩画，无数亮光和色彩搅和在一起，显得神奇莫测……

风渐渐大起来，湖畔的树木花草开始摇动起来。枝叶的摩擦声也渐渐响起来，一直响到整个世界都充满了它们的呼啸和喧哗。实在无法想象，几秒钟前还是那么文质彬彬、悄无声息的绿色朋友们，一下子竟都变得这样惊惶不安，变得这样烦躁。

再看湖面，波纹已经失去了先前的优雅，变成了汹涌的波浪。波浪毫无规则地在湖中翻涌起伏，就像有无数被煎煮的鱼儿，正在水下拼命挣扎游蹿……而湖面的画，消失得无影无踪。只有变得混浊的湖水，翻卷起无数青白色的浪花……

我久久地凝视着在风中失去了平静的湖水，倾听着大自然在风中发出的无数歌唱、呻吟、呼啸和呐喊，原来那种平静的心情烟消云散。和这风中的自然一样，我也开始烦躁起来，种种的失落，种种的不愉快和不顺心，如同沉渣泛起，搅乱了我的情绪。我离开湖畔，回到住宿的旅馆里。那是一个风雨之夜，风声雨声在窗外响了整整一夜，使我难以入眠……我已经无法记下那一夜我的思想和情绪，记下来恐怕也是一片混乱和芜杂，就像在风中飘摇摆动、纠缠在一起的树枝和草叶……唉，大自然起风与我何干，我为什么如此触景生情，这样自寻烦恼呢？

第二天早上起来，竟又是个阳光灿烂的大晴天。昨夜猖獗了一夜的大风，早已不知去向。从窗外传进来的，只有低回百啭的鸟鸣。也不知为了什么，一起床，我就往湖畔跑。我想知道，昨天傍晚在风中突然消失的那个宁静优美的世界，会不会重新回来。而这种突然来临，又突然消失的宁静，仿佛已经离我非常遥远。

依然是先穿过树林。树林和昨天傍晚未起风时一样，地上的花草和头顶的树叶都处于静止的状态，只有轻柔的晨雾和迷迷蒙蒙的阳光，在树枝和绿叶间飘动。林中的鸟儿们居然也都不知飞向何方，仿佛是为了让我看到和听到一个绝对安静的树林。而昨夜的风雨，还是在树林中留下了痕迹，那是从树叶上滴落下来的水珠，一颗一颗，晶莹而泠泠，无声地滴在我的脸上……

湖，又恢复了它的静态。水面略略升高了一些，湖水也不如昨天那么清澈，那是一夜雨水汇积的缘故。然而它的平静却一如昨天傍晚，依然是一面巨大的明镜，仰望着彩霞乱飞的天空。倒映在湖中的树林、山峰比傍晚看起来更为青翠，也更加清晰，而漫天越来越耀眼的朝霞，使得如镜的湖面光芒四射，叫人眼花缭乱……同样是静止的画面，昨天的那一幅使人在感觉辉煌时也感觉到凄凉，而今天这一幅，辉煌依旧，却绝无凄凉之色。而且，随着太阳的升高，湖面的光芒越来越耀眼，终于耀眼到使我无法正视……这时，山中又起了风，湖面上波纹骤起，在耀眼的亮光中，再也不可能看清楚波纹的形状。消失了山林倒影的湖水，顿时成了一片熊熊燃烧的火海……

我闭上眼睛，尽量不去想此刻正在我眼前如火海一般烈焰腾腾的湖面。我不喜欢这样的景象。这时，我心里出奇地平静，我很清楚自己向往的是什么。风声在我的耳边打着呼哨，头顶的树叶也是一片簌簌声。然而，我的脑海里，却出现了昨天傍晚看见的那个宁静安详的湖，出现了那一幅辉煌而略带凄凉的画面……这正是我要寻求的画面。我想，只要我静下心来思索，我的眼前可以出现我曾看见过的任何一种画面。无论是有风时的湖，还是无风时的湖。因为，不管是有风还是无风，湖总是那个湖，它的质量绝不会因为风而发生变异。风不为谁的意愿而来，湖也不想用自己不同的姿态来取悦任何人。所有一切风景之外的联想，都是因我自己的情感和思绪所致。"夫风者，天地之气，溥畅而至，不择贵贱高下而加焉。"宋玉在两千多年前发出的感叹，在现代人心中居然还能产生共鸣。

我想，在这个世界上，我们其实和一棵树或者一个湖一样。我们原本都是平静而安宁的。然而身外来风常常是出其不意地出现，你永远无法预料它们什么时候会吹过来，毫不留情地打破你的平静和安宁。谁也不能阻止风的到来，谁也无法改变风的方向和强弱。它们带来的可能是灾难，也可能是快乐和幸运。于是，对风的畏惧和希冀，使原本恬淡的生命，变得浮躁不安了，很多人再也无法忍受无风的生活，而是在以不同的心情期待着风的来临。这样，无风的时刻，生命便不会是凝固的雕塑了，尽管表面上看起来很平静。在这个世界上，最多变的，其实是人。这是人的优势，也是人的悲哀。

而当风吹来的时候，又会怎么样呢？是呜咽抽泣，还是劲歌狂舞？是保持着本来的形状，还是随风摇摆，成为风的指路牌？当然，还有一种可能，便是被大风拦腰折断……

在风中，我会成为怎样的一种风景？我会不会失去了自己呢？仿佛是为了回答我的困惑，我头顶的树叶在风中发出极为动听的娓娓细语，这低吟浅唱般的细语绝不会将人的思绪引向险恶之处。我的心中，又出现了一首关于风的诗：

听，风在树林里
弹奏着天上的交响曲

风啊，风啊

你这弹琴的老手

我的心弦轻轻地被你无形的手拨动

风啊，风啊

你这弹琴的老手……

记不清这是谁写的诗了。此刻，这首诗以奇妙的方式给了我一个巧妙的答案。我想，作为一个艺术家或者文学家，心里应该有一根不断的琴弦，不管风从什么地方来，不管来的是微风还是狂风，我心中的琴弦自会在风中颤动出属于我自己的音乐。谁也不能改变我的声音……是的，风只能使我的心弦颤动，但绝不能改变这心弦固有的音律。譬如写诗或者写散文，我常常要求在文字中倾吐自己灵魂的声音，展现自己心灵的色彩。那么，风是什么呢？风是我周围的环境，是发生在我周围的大大小小的事件，是影响我情绪的形形色色的人和物，是现实的生活，是正在发展的历史……风是一个巨大而丰富的客体，它们激动着我，启示着我，震撼着我，使我产生写作的欲望。这种激动、启示和震撼，便是风的手指拨动了我的琴弦。然而我的歌唱并非简单地描述风，它们永远不能替代我的主观世界，替代我的心灵。我在风中歌唱，却绝不是追风趋时，也不是违心地去媚俗。我相信，真正的作家，在相同的风中必定会唱出不同的心曲。就像我身边的树林和湖泊，前者在风中以枝叶低语，后者在风中波纹荡漾……

风来去无踪，变幻不定，而真挚的心灵之声，应该具有永久的魅力。

等我再看眼前的湖水时，微风正从湖上掠过。只见湖面上泛起一片片细密而整齐的波纹，就像是金鱼的鳞片。这时，站在湖

边能感觉到微风扑面。这微风中的湖，是一条金光闪烁的大鱼
了……

离开庐琴湖时，我似乎若有所失，也似乎若有所得。

阅读拓展

从喜欢读散文，到学着写散文，到自己编散文集——其间的曲折、坎坷、欢乐、苦恼，自然是一言难尽的。

少年时代，得到一本好散文后，往往会爱不释手，连着读上两遍三遍，那份喜悦和陶醉的劲头，大概很难有其他什么事情能够比拟。现在，当准备把自己的散文集献给读者时，心中不免有些忐忑不安。我的散文，没有什么惊人之谈，也没有什么动人的情节，有的只是我对生活和大自然的一些感受，对身边一些普通人的认识和赞美。我并不自信所有的读者都会喜欢它们，却也不怕有人讥笑。鲁迅先生说得有道理："看人生因作者而不同，看作品因读者而不同。"

——赵丽宏：《〈生命草〉跋》

赵丽宏写过一篇《母亲和书》。我觉得这是他最为动人的散文作品之一。这篇散文是这样开头的："又出了一本新书。第一本要送的，当然是我的母亲。在这个世界上，最关注我的，是她老人家。"——这个细节一瞬间就先击中了我。我不知道有多少作家会在自己每本新书出版之后，首先想到的是送给自己的母亲。如果是，那他就不仅是一个值得我们期待的好作家，而且还是一个值得敬佩的好儿子。赵丽宏在自己的文章里接着回忆说，在漫长的成长过程和读书、写作生涯中，已经成为作家的他，似乎并不能确定自己的母亲是否喜欢读他写的那些书。因为母亲的职业是医生，而且她也从来不在儿子面前议论文学，从不轻易地夸耀儿子的成功。"和母亲在一起，谈话的话题很广，却从不涉及文学，从不谈我的书。我怕谈这话题会使母亲尴尬，她也许会无话可说。"也因此，当他那套四卷本自选集出版后，他想，这套书字数多，字号小，母亲也许不会去读的，便没有想到送给她。可是——

一次我去看母亲，她告诉我，前几天，她去书店了。我问她去干什么，母亲笑着说："我想买一套《赵丽宏自选集》。"我一愣，问道："你买这书干什么？"母亲回答："读啊。"看我不相信的脸色，母亲又淡淡地说："我读过你写的每一本书。"说着，她走到房间角落里，那里有一个被帘子遮着的暗道。母亲拉开帘子，里面是一个书橱。"你看，你写的书，一本也不少，都在这里。"我过去一看，不禁吃了一惊，书橱里，我这二十年中出版的几十本书都在那里，按出版的年份整整齐齐地排列着，一本也不少，有几本，还精心包着书皮。其中的好几本书，我自己也找不到了。我想，这大概是全世界收藏我的著作最完整的地方。

赵丽宏的这篇散文，不仅让我们领略了人间那种静水流深的母爱亲情，也再一次证明了蓬塔里斯所说的，在许多作家那里，"写作是为了让母亲看的"这个说法的合理性。而我之所以要原文照抄上面这个段落，还有一层意思，就是想让更多的读者见识一下赵丽宏气象万千的散文风格中似乎不被人注意的那一面：朴素的语言，简洁的叙事，没有任何修饰，几乎全用白描，却同样具有撼动人心的力量。

——徐鲁：《芦苇的风骨——赵丽宏散文谈片》

丽宏是一位诗人。他的创作起始于当年在农村的"知青"岁月。早在二十世纪八十年代初，他的诗歌作品《友谊》《火光》《憧憬》《江芦的咏叹》等就被广为传诵。1982年，他的第一本书也是诗集《珊瑚》。作为诗人，他不断有新作问世，并广受瞩目。2013年，他获得了塞尔维亚"斯梅代雷沃诗歌节"颁发的国际诗歌"金钥匙奖"。

丽宏还是一位儿童文学作家。2013年，他创作出版的《童年河》是他的第一部儿童小说，讲述二十世纪五六十年代的一个小男孩"雪弟"从乡下到上海的生活。2015年，他出版了第二部儿童小说《渔童》，讲述的是"文革"期间小学生童大路保护一尊明代德化瓷渔童文物的故事。两部儿童文学作品以真诚的姿态、优美的文笔和深沉的情感，获得广泛好评，也开创了成人文学作家创作儿童小说的先河。

丽宏最引人注目的文学成就，是他的散文。散文因其真挚灵动、短小精悍、直抒胸臆，是一种备受读者欢迎的文体。丽宏的修炼，从他的散文中可以让人感受到，从他的人生状态中更能寻找到诸多蛛丝马迹。正因为他的知识分子的身份，政协委员的担当，那一颗为国为民之心，始终在火热地跳动，那一份渴望瑰丽明天的热情，始终在蓬勃地燃烧，才有了他诸多文字如岩浆喷薄，既有生命的温度，也有巨石的力量，还有气度的恢宏，才成就了作家赵丽宏，尤其是成就了散文家赵丽宏，因为，散文能最真实地展示写作者的灵魂。

丽宏的散文《雨中》《望月》《学步》《山雨》等，被选入人教版、苏教版等小学教材，《为你打开一扇门》《假如你想做一株腊梅》《炊烟》等篇，被收入人教版、香港版，新加坡版等数十种中学教材，另有收入各类大学教材的散文若干……在中国现当代作家中，除去鲁迅之外，丽宏也许是作品被收入教材最多的作家。

——朱永新：《瑰丽明天　恢宏世界》